KB108143

식물의 은밀한 감정

Les émotions cachées des plantes

식물의

은밀한

감정

디디에 반 코뷜라르트 지음
백선희 옮김

연금술사

Les émotions cachées des plantes
by Didier van Cauwelaert

Copyright ⓒ Plon, 2018
All rights reserved

NO part of this book may be used or reproduced in any manner
whatever without written permission except in the case of brief quotations
embodied in critical articles or reviews.

Korean Translation Copyright ⓒ 2022 by The Alchemist Books
Korean edition is published by arrangement with PLON, Paris
through BC Agency, Seoul.

이 책의 한국어판 저작권은 BC 에이전시를 통한 저작권사와의
독점 계약으로 도서출판연금술사에 있습니다.
저작권법에 의해 한국 내에서 보호를 받는 저작물이므로
무단 전재와 무단 복제를 금합니다.

나는 시간을 허비했다.

인생에서 가장 중요한 일은

정원 가꾸기이다.

― 지그문트 프로이트

차
례

땅 고르기

인간은 식물의 꿈이다

마치 거울이라도 내밀듯이
식물은 설득력 있는 숱한 증거들을
우리에게 내놓는다.
우리를 우리의 심원한 본질과 다시 이어줄
비망록이라도 내미는 듯하다.

나는 온실에서 태어났다.

나의 어머니는 원예가였고,

아버지는 변호사였다.

식물은 나의 첫 번째 첨병이자 첫 번째 전략이었다. 나는 아홉 살 때부터 수국과 진달래, 국화와 난초가 그득하고 축축한 흙냄새와 꽃향기가 짙게 깔린 곳으로 학교 여자친구들을 불러들였다. 어린 시절의 조숙한 감성과 시행착오와 슬픔은 내게 거름이 되었다. 쾌락과 상상력과 심리학의 관점에서 보면 나는 식물계의 산물이다.

솔직히 말해서, 내 유혹의 자산과 내가 여자친구들을 상대로 얻어낸, 조금은 석연치 않은 명성은 몬테카를로 TV에 크게 빚졌다. 그 당시에는 위대한 식물학자 장-마리 펠트Jean Marie Pelt가 에로티시즘을 유쾌하면서 교육적으로 다룬 프로그램인

"식물의 애정 생활"을 진행했다. 나는 목요일 오후마다 내 꼬마 동무들을 온실로 끌어들여 식물 의사놀이를 했다. 그러면서 둘 다 옷을 벗어야 할 상황으로 몰아갔다. 난이 어떻게 암컷 말벌의 겉모습을 모방해 수컷 말벌을 유혹하는지, 혹은 꽃시계덩굴이 나비들과 관계 맺기 위해 어떻게 갖가지 변태스러운 수작을 펼쳐 보이는지 설명했다. 혹은 먹이 중 일부를 살려두고 번식하게 돕는 육식성 식물의 기발한 재간을 얘기했다. 이런 사실을 토대로 나는 히치콕이 영화 〈새〉에서 쓴 방법을 식물에 적용하며 상상력을 꺾꽂이하듯 끝없이 번식시켰다. 하지만 내가 고안해냈다고 생각했던 더없이 환각적인 행동 가운데 일부는 자연 속에 분명히 존재한다는 걸 성인이 되어서야 알게 되었다.

그러고 보니, 싹트던 나의 리비도(성본능)를 도와준 엽록소의 지능은 내게 월계관보다는 쇠스랑 같은 것이었다. 목요일의 진찰이 이어지면서 나는 무엇보다 탁월한 이야기꾼이 되었고, 식물계가 고안해낸 교묘하고 위험한 교접 이야기와 나의 잠재적 정복을 연결 짓고, 두근거리는 마음으로 온실의 숨 막히는 열기 속에서 자연이 얼마나 근사한지 여자친구들에게 보여주기 위해 실제 작업으로 넘어갔다. 나는 내 수작에 "꽃으로 말하세요!"라는 격언을 달고, 식물을 매개로 사랑을 말했다. 유혹하고 환상을 만들어내고 관계를 맺으려는 욕구 속에 드러나는 듯 보이는 식물의 감정을 이용해 내 감정을 표현했다.

그러다 어느 만성절에 나의 친환경 유혹 술책들은 장미밭 한가운데에서 돌풍을 만났다. 4학년 우리 반에서 가장 예쁜 여자아이, 말이 없고 신비스러운 부드러움이 돋보이던 아시아 출신 여자아이의 치마 속으로 내가 교육용 손을 집어넣었을 때 그 애는 난데없는 폭력성을 드러내며 나를 장미밭으로 밀쳤다. 나는 그 애의 주먹질에 균형을 잃고 부러진 가지 한가운데 나동그라진 채, 그 애가 자기 엄마를 강간하고 조부모를 학살한 '붉은 크메르'*와 나를 한통속으로 묶어 말하는 소리를 들었다.

나는 그 순간엔 당황하면서도 이야기를 지어내는 그 애의 재능이 나보다 출중하다고 여기며 감탄했다. 그러나 나중에 선생님의 얘기를 듣고 내가 그 애에게 견디기 힘든 사실을 일깨웠다는 걸 알게 되었다. 그때 내가 느낀 후회, 풋내기 호색한으로서, '녹색 크메르'로서 느낀 가책과 죄책감은 여자아이들에 대한 나의 시선을 바꿔놓았을 뿐 아니라 식물과 나의 관계도 몇 달 동안이나 뒤흔들어 놓았다. 식물들이 나를 원망하

* 크메르루주Khmer Rouge : 1960년대에 프랑스에서 교육을 받은 마르크스주의자들이 1967년에 결성한 캄보디아의 급진좌파 무장단체. 1975년 정권을 장악한 크메르루주는 노동자와 농민의 유토피아를 건설한다는 명분 아래 200만 명에 이르는 지식인과 부유층을 학살했다(킬링필드 사건).

고, 거부하고, 부끄러워한다는 느낌이 든 것이다. 그래서 더는 온실에 들어가 식물들이 내게 던지는 생생한 질책을 마주할 수가 없었다. 내가 종종 환상을 품는 건 맞다. 하지만 꼭 그래서만은 아니었다.

30년 뒤, 몬테카를로 TV에서 본 나의 식물 선생 장-마리 펠트와 친구가 되고서 나는 식물이 공격자를 절대 잊지 않는다는 사실이 미국 판례로 정립되었다는 걸 알게 되었다. 공격자가 다가올 때 식물이 보이는 경계 태세는 오실로그래프*로 측정이 가능하다. 오실로그래프를 수국에 연결해 기록한 전자장 반응은 위스콘신주에서 어느 살인자를 꼼짝 못 하게 만들었다.

아무 증인 없는 온실 안에서 범죄가 저질러질 때 발생한 몸싸움으로 수국들이 손상을 입었는데, 한 전문가가 이 희생자들 앞에 여러 용의자를 세워보라고 제안했다. 범인이 들어섰을 때 식물이 드러낸 감응은 전극으로 연결된 오실로그래프 화면에 정점으로 기록되었다. 식물의 감정 표현이 살인자의 자백을 촉구하면서 이 식물의 증언은 법정에서 법적 자격이 있는 것으로 선언되었다.

감정emotion…, 이 용어가 과연 적합한 걸까? 사전은 이 용

---

* oscillograph : 전류·빛·음량 등의 진동상태를 가시곡선으로 나타내거나 기록하는 장치.

어에 이중적인 정의를 내놓는다. "심리적 동요를 동반하는 복잡한 의식상태." 그리고 "혼란으로 변질될 수도 있는 몸의 흥분, 동요."

믿기 힘들겠지만 식물은 느끼고 실행할 줄 안다. 곧 식물의 온갖 감정을 보게 될 것이다. 두려움, 굴욕, 고마움, 창조적 상상, 계략, 유혹, 질투, 대비원칙, 연민, 연대감, 기대감…. 그리고 최근에 입증되었듯이, 식물은 아주 단순한 수단과 더없이 놀라운 방법으로 스스로 느끼는 바를 전할 줄 안다.

이것이 놀랄 일인가? 우리는 원숭이를 조상으로 뒀다는 건 자랑하면서 우리의 기원이 식물까지 거슬러 올라간다는 사실은 너무도 자주 잊는다. 지구상에서 이루어진 진화의 증인인 화석이 말해주듯, 어느 날 동물로 변한 태초의 해조류까지 이어진다는 사실을.

이제 우리를 식물 뿌리부터 지금의 인류까지 이끌어줄 신화적인 인식의 모험을 떠나보자. 마치 거울이라도 내밀듯이 식물은 설득력 있는 숱한 증거들을 우리에게 내놓는다. 우리를 우리의 심원한 본질과 다시 이어줄 비망록이라도 내미는 듯하다.

식물의 상상력

식물의 은밀한 감정

상상력은 기억의 가르침으로 길러지고,

현재의 지각을 토대로 미래의 행위를 구상하는 능력이다.

이런 상상의 톱니바퀴가 어떻게 돌아가건

상상은 식물의 '은밀한 감정'의 이유인 동시에 결론처럼 보인다.

40억 년 전,

원시 수프 속에서

생명이 탄생했다.

그 시절의 바다를 '원시 수프'라고 명명한 건 영국의 위대한 진화생물학자인 존 버든 샌더슨 홀데인J.B.S. Haldane이었다. 아주 뜨거운 분자들로 이루어진 그 수프에서 박테리아가 나타났다. 진화의 역사를 쓰게 될 문자 모양의 작은 반죽 같은 박테리아들이었다.

1단계: 생명의 거대한 공사판이 열리고, 박테리아들이 다양한 분자를 결합해 최초의 복잡한 생명체인 식물을 만들기 시작한다. 엄청난 양의 이산화탄소를 배출한 이 태초 진화의 비밀은 당糖과 발효다. 태양 에너지를 집약해서 힘을 얻는 초록색 분자 엽록소 덕에 물과 이산화탄소가 화학반응을 일으켜 당을 생성하는데, 이때 발생하는 찌꺼기가 생물학적 모험의 출발점이 된다. 바로 산소다. 산소는 점차 대기를 점령하면서 그때까지 뿌연 회색이던 하늘의 색을 바꿔놓는다. 그렇다, 하늘이 파랗게 된 건 녹색식물 덕택이다. 그러니까 광합성(엽록소와 빛을 활용한 당의 합성)은 최초의 식물과 더불어 탄생했다. 우리는 최초의 식물이 어떤 모양인지 안다. 그 식물은 로디지아Rhodesia(현재의 짐바브웨)의 석회암 화석에서 발견되었다. 30~40억 년 된 식물인데, 조류다.

2단계로 가보자. 원시 대기는 사라졌다. 산소에 적응해야 하는데, 혐기성 박테리아인 태초의 미생물들에게 산소는 매우 유독하다. 생명체는 이제 어떻게 할까? 생명체는 수가 점점 늘어나면서 이 유독 가스를 '수거해' 에너지원으로 삼고 진화한다. 그런 식으로 광합성 대신 유기호흡을 하기로 결정한다.

다음 단계: 식물은 자율적인 개체로 변화한다. 현미경으로 화석을 연구하면서 우리는 30억 년 전에 헤엄치는 법을 터득한 어떤 갈조류의 진화과정을 알게 되었다. 그때까지는 물의 흐름에 따라 떠돌 수밖에 없었던 이 조류는 섬모가 생겨나면서 의지대로 이동할 수 있게 된다. 그러다가 일종의 입을 갖추면서 딱딱한 먹이를 먹게 된다.

그 결과 이 조류들은 사냥을 고안한다. 자율성이 식물들의 자주적 행동을 이끌었다. 그러나 그와 동시에 식물들은 엽록소를 잃었다. 식물 스스로 양분을 섭취할 수 있으니 더는 광합성이 필요 없게 된 것이다. 일부 식물은 그렇게 엽록소를 '희생'하고 최초의 동물이 되었다.

그러니 박테리아가 식물을 창조했고, 식물이 동물을 창조했다고 결론내려야 할까? 동물 범주에는 우리도 속할 수밖에 없다. 많은 생물학자가 이 가파른 지름길을 택했다. 그러면서 그들은 잘 알지 못한 채 샤먼 신화와 만난다. 인간을 '식물의 꿈'으로 여기는 신화다. 그런데 샤먼들은 식물이 직접 그렇게 말한다고 덧붙인다.

∽　　∽　　∽

20억 년 전으로 거슬러 올라 가보자. 그 즈음에 자리 잡은 대기는 질소 78%, 산소 20.95%, 아르곤 0.93%, 탄소 0.04%, 그리고 미량의 몇몇 다른 가스로 구성된다. 이 구성은 더는 변하지 않을 것이다. 식물(오늘날까지도 지구 생물 총량의 99.5%를 차지하는)이 우리가, 다시 말해 동물과 우리가 소비하는 것보다 무한히 많은 산소를 계속 만들어낸다는 걸 생각하면 이 대기 구성은 정말이지 풀리지 않는 수수께끼다. 논리적으로는 5만 년 후면 산소 농도가 25%라는 치명적인 문턱에 달했어야 마땅하다. 대기에 산소 농도가 그 정도라면 지상의 모든 것은 타버릴 것이다. 그런데 기후 조건이 아무리 바뀌고 온갖 재난이 닥쳐도 산소는 여전히 21% 경계 아래로 유지되고 있다. 자연은 생명을 보호하기 위해 우리가 알지 못하는 어떤 교묘한 술책을 상상해내어 대기를 조절하는 걸까?

그렇다, 심지어 자연선택 이전에도 상상은 명백히 진화의 키워드처럼 보인다. 물론 상상은 암중모색으로 발현된다. 2017년에 데이비드 피사니 교수(브리스톨대학)가 〈커런트 바이올로지*Current Biology*〉에 발표한 논문에 따르면, 현존하는 생물 가운데 가장 오래된 우리의 조상인 해면海綿, 특정한 기관 없이 미분화된 세포들의 조합으로 오랫동안 식물로 간주되어온 해면에 이르기 전까지 자연은 수많은 모델을 시도했고, 정도의 차이는 있지만 금세 포기했다.

1946년에 에디아카라*에서 놀라울 정도로 잘 보존된 화석 중 하나가 발견되었다. 6억 년 된 이 몽실몽실한 유기체 화석은 뼈대 없이 리본이나 나뭇잎, 크레이프 형태를 띠었는데, 고생물학자 아돌프 자일라허*Adolf Seilacher*는 그것을 세포 생명이 동물로 구조화된 첫 시도로 간주했다. 사실 이 "표본들"은 식물들이 잎 조직을 늘리듯이 무한히 표면을 넓히면서 성장했다. 그러나 이 진화작업은 2억 년 동안만 유지되고 고생대 초

---

* 오스트레일리아 남부, 플린더스산맥 북쪽에 펼쳐진 구릉지대. 비교적 진화된 다세포 생물들인 '에디아카라 동물군'의 화석이 발견된 곳으로 유명하다.

기에 완전히 사라졌다.

이런 생물학적 건축 모델의 유일한 계승자인 촌충 혹은 고독한 벌레[*]는 유기체의 '내부'를 구성하는 대신 확장을 통해 그 길이가 수 미터에 달할 수 있는 납작한 마디로 분절된다. 장-마리 펠트는 촌충의 사례가 "에디아카라 동물군이 멸종된 이후로 식물처럼 기능하는 동물을 만들기 위해 자연이 이번에는 대단히 지엽적으로 실행한 마지막 시도"[**]라고 강조한다.

이후 진화는 명백히 구분되는 두 가지 길을 따른다. 동물은 특화된 내적 기관들을 구성함으로써 포유류 표본을 향해 나아가고, 식물은 제 고유의 모험을 이어간다. 그러나 다윈을 강박적으로 사로잡았던 가장 신비로운 것 중 하나는 동물계 구축이 1억 년도 채 되지 않는 시간 동안 척추동물의 등장과 더불어 단번에 구조적으로 이루어졌다는 점이다. 이 시대와 우리를 갈라놓는 5억 년 동안엔 어떤 새로운 분기점도 나타나지 않았다. 그동안 식물들은 한결같이 창의적인 모습을 보였다. 움직이지 못해서 포식의 위험을 마주하며 살아남기 위해, 특히 동물계와 이런저런 교묘한 제휴를 통해 끝없이 혁신하지 않을 수 없기 때문일까? 이건 사실이다. 식물들은 움직임의 자유를 왕성한 상상력으로 대체했다.

---

[*] 프랑스어로 촌충은 '고독한 벌레'라고도 불린다.

[**] 장-마리 펠트, 『최고 약자의 이성』, Fayard, 2009년.

물론 몇몇 보기 드문 식물들은 홀로 이동하는 능력을 개발했다. 안데스산맥의 종려나무 '소크라테아 엑소리자'*처럼. 이 식물은 환경이 적합하지 않게 되면, 이웃 나무나 인간의 건축물이 햇빛을 가리면 새 뿌리들을 눈에 띌 정도로 재빨리 만들어 빛이 더 잘 드는 곳으로 옮겨가고, 옛 뿌리들은 응달에서 죽게 내버려둔다.

새삼** 같은 기생식물은 섭취하는 양분의 특성에 따라 오래도록 먹이로 쓰거나 혹은 그저 일시적인 지지대로 쓸 종들을 선택해 그 주위를 휘감으며 이동한다. 이 식물은 1990년에 식물학자 콜린 켈리Colleen Kelly가 정의했듯이 진짜 '사냥 식물'이다.

그러나 일반적으로 식물은 꽃가루나 씨앗의 운송 주체들(곤충이나 새)과 정보 매개체들(기화성 유기 복합물, 뿌리, 버섯의 균사)을 동시에 이용하면서 정주하는 편을 선택했다. 달아나거나 먹이를 쫓을 수 없는 식물들은 공간 내 소통과 유혹의 힘을 중시했다. 식물들이 바라는 대화상대에 맞추기 위해 다양한 언어를 고안해낼 필요가 바로 거기서 생겨난다. 이때도 상상력이 작용한다.

---

* Socratea exorrhiza: 땅속 영양분을 따라 이동하는 특성 때문에 햇빛을 향해 '걸어 다니는 나무'로 불린다(야자나무과).

** 메꽃과의 한해살이 기생식물.

난초가 말벌 수컷을 유혹해 꽃가루를 수정하려고 말벌 암 컷의 모습을 완벽하게 재현해낼 때, 옥수수 모종이 애벌레의 포식동물을 부르기 위해 어느 곤충의 페로몬 향을 만들어낼 때 이런 전략이 낳을 부작용을 짐작하는 능력은 어떻게 설명 할까? 관찰과 직관, 나아가 일종의 심리분석까지 동원되는 복 잡한 과정이다.

이런 유형의 고찰은 오늘날까지도 일부 케케묵은 유물론자 들, "자연에 어떤 목적이나 계획을 할당하는 건 과학적 방법 의 토대들을 거스르는 일"이라고 주장하는 자크 모노*의 후 계자들을 기겁하게 한다. 다시 말해, 식물은 정물靜物로 남아 있어야 한다는 것이다. 그러나 합리주의와 '선험적 추론'을 뒤 섞는 이런 추론가들이 불쾌해할지 몰라도 상상은 현실의 왜 곡이 아니다. 여기서 상상력은 기억의 가르침으로 길러지고, 현재의 지각을 토대로 미래의 행위를 구상하는 능력이다. 이 런 상상의 톱니바퀴가 어떻게 돌아가건 상상은 식물의 '은밀 한 감정'의 이유인 동시에 결론처럼 보인다. 이제 우리는 그 감 정들을 해독해보려 한다.

---

* Jacques Monod(1910~1976): 프랑스의 생화학자. 생명의 기원과 진화 과정이 우 연의 결과라는 견해를 피력했다.

위험에 대한 지각

식물의 텔레파시

식물의 텔레파시는 적의 반격을 분석하고,

앞질러 간파하고, 계산하고, 무력화하는 능력을 갖춘

채식 곤충에게 감지되었다.

체스 선수들의 공방만큼이나 치밀한 공방이다.

감정의 출발점은

당연히

의식이다.

자기 자신과 세상, 그리고 그 둘의 상호작용에 대한 의식, 다시 말해 어떤 목표를 달성하기 위해 행동하는 능력 말이다. 그래서 식물은 스스로를 지키고, 공격하거나 유혹할 목적으로 제 구조를, 화학적 구성을, 외관을 바꿀 수 있다. 그리고 〈사이언스〉가 최근에 확인해주었듯이, '우리의 신경체계와 유사한'* 소통 메커니즘을 통해 제 기관들에, 이웃 식물과 동물들에게, 그리고 우리에게 다양한 메시지를 전한다.

　먼저 자기방어부터 살펴보자. 공격을 의식하고 방어하고 주

---

* 〈사이언스〉, 2018년 9월 14일자.

변에 그걸 알릴 필요가 불러일으키는 반응들에는 지각, 분석, 결정, 그리고 공유가 있다. 호박의 행동은 상당히 '의미심장한' 예를 제공한다.

호박이 가장 무서워하는 포식자는 에필라크나 운데침노타타Epilachna undecimnotata라는 이름의 무당벌레다. 이 초식 곤충을 가장 먼저 연구하기 시작한 멕시코 동물학자들은 오랫동안 풀리지 않는 문제로 고심했다. 도무지 이해할 수 없는 이 곤충의 식습관이 문제였다. 곤충의 성충도 애벌레도 놀랍도록 복잡한 의식을 수행했다. 먹이가 있는 곳에 으레 서식하는 이 곤충은 호박 잎사귀에 동그랗게 참호를 파면서 하루를 시작하는데, 두세 군데는 파지 않아 이 참호가 줄기에 붙어 있게 한다. 그러곤 10여 분을 기다렸다가 식사를 시작하고, 식사는 2시간가량 이어진다. 다음날 아침이 되면 곤충은 좋아하는 요리를 오려내는 일을 다시 개시하는데, 꼭 6미터 떨어진 곳에서 시작한다.

이 수수께끼의 열쇠를 동물학자들에게 제공한 건 식물학자들이다. 공격당한 호박은 만족할 줄 모르는 소비자로부터 자신을 지키기 위해 탄닌 성분을 대폭 늘려 잎사귀에 독을 품는 방식으로 방어한다. 무당벌레는 식사를 시작하고 10분 후면 독이 퍼져 죽을 것이다. 독이 수액 속으로 돌아다니는 걸 막지 않는다면 말이다. 그래서 무당벌레는 자신이 먹으려는 부분을 주변의 잎과 고립시킨다. 녀석이 줄기 주변을 톱니나 레이스 모양으로 자르는 건 바로 차단 장치인 것이다. 작동까지 10분이 걸리는 차단 방법. 그러고 나면 식물은 국부마취 상태가 되어 누가 제 잎사귀를 먹는지 알지 못한다.

그렇다면 왜 다음날 무당벌레의 식사는 '늘' 6미터 떨어진 지점에서 행해질까? 단순하게도 잎의 파괴를 동반한 국부마취에 대한 정보를 포착한 호박이 즉각 두 가지 방법으로 보복에 나서기 때문이다. 호박의 모든 잎이 예방용 독을 품고, 경고 메시지가 발송되어 이웃한 잎들까지 독을 품는 것이다. 이렇게 발송되는 가스성 화학 메시지가 도달하는 거리가 6미터이하다.

이렇게 식물의 텔레파시는 적의 반격을 분석하고, 앞질러 간파하고, 계산하고, 무력화하는 능력을 갖춘 채식 곤충에게 감지되고 말았다. 체스 선수들의 공방만큼이나 치밀한 공방이다.

다음 단계는 뭘까? 진화의 논리로 보자면 아마 호박은 제 메시지의 전파 거리를 늘릴 것이다. 그리고 무당벌레는 식사와 다음 식사 사이의 이동 거리를 그만큼 늘릴 테고.

이 공격과 반격 체계의 상호적응 법칙은 자연 속에서 변치 않는 상수다. 그래서 식물에게는 외부의 원군이 필요하다. 때때로 식물은 인간에게 기대기도 한다. 살충제나 유전자변형을 이용하는 바람에 그 공격에서 살아남는 곤충과 그 후손의 면역체계를 오히려 강화하는 부작용을 초래하는 인간이 아니라, 이를테면 자연보호구역을 마련하는 인간에게 기댄다. 동물학의 또 다른 불가사의인 트란스발*의 쿠두 사건은 식물의 승리가 도달한 궁극의 단계를 보여주었다. 포식자의 자살을 통한 승리였다.

남아프리카에서 자라는 영양의 일종인 쿠두는 1981년에 영광의 시간을 경험했다. 세계의 모든 텔레비전이 쿠두를 대규모 자기파괴를 자행하는 최초의 동물로 소개했을 때였다. 남아프리카의 여러 국립공원에서 이 초식동물의 시체가 수없이 발견되었는데, 위장이 텅 빈 채 평소에 잘 먹던 잎이 무성한 아카시아나무 아래 쓰러져 있었던 것이다. 왜 쿠두는 갑자기 먹이를 두고도 굶어 죽었을까?

이 수수께끼를 풀기까지 수개월의 조사와 부검과 식물 학대가 필요했다. 원인은 사육지를 경계 짓는 울타리를 설치하면서 쿠두의 수가 급증한 데 있었다. 그 때문에 과도한 포식의 위험에 처한 아카시아가 이 동물이 소화할 수 없는 독을 잎에 품었다는 사실이 드러났다. 그리고 무당벌레의 박해 대상이 된 호박의 예에서 보았듯이, 각 나무는 제 이웃들에 에틸렌을

---

* Transvaal: 남아프리카공화국 북동부의 옛 주명.

주성분으로 한 가스로 경계 메시지를 보냈고, 이웃 나무들도 공격당하기 전에 서둘러 자기 나뭇잎에 독을 품은 것이다.

쿠두는 움직임이 자유롭기만 하다면 식물의 반격을 피하려고 같은 종류의 나무에 오래 머물지 않았을 것이다. 그런데 좁은 울타리에 갇힌 탓에 아카시아의 공격적인 경계체계의 확산에 앞질러 대처하지 못하고 장폐색이나 굶주림으로 죽는 편을 택한 것이다. 격렬한 죽음과 느린 자살 중에서 선택해야만 했기 때문이다. 이 동물들이 느린 자살을 선택한 건 먹을 만한 모든 아카시아에 독이 있다는 사실을 알았다는 뜻이다.

돌이킬 수 없는 상황일까? 아니다. 포식이 다시 관용의 문턱 아래로 내려가면 아카시아 잎은 다시 식용이 가능해지고, 다음 남용 때까지 동물이 뜯어먹도록 내준다.

이 놀라운 발견은 프리토리아대학 W. 반 호벤W. van Hoven 교수의 연구팀이 밝혀낸 것인데, 이 연구팀은 식물이 반격하는 강도와 기간을 알아내기 위해 아카시아 숲을 매로 후려쳤다. 이 경우엔 반격은 있었지만 공격자에게 효과를 미치지는 못했다. 독을 품은 아카시아 잎을 공격자가 먹지 않았기 때문이다.

그런데 인간이 울타리나 채찍질로 야기하는 위기 상황이 아닌 경우, 아주 간단하면서 효과적인 식물의 반격법은 적의 적들을 부르는 것이다. 예를 들어 옥수수는 명충나방 애벌레의 공격을 받으면 이 애벌레들을 아주 좋아하는 말벌을 부르는 냄새를 발산한다. 다만 제2차 세계대전 직후 DDT(유기합성 살충제)가 대량 살포된 이래로 말벌과 그 배우자들은 살충제 냄새밖에 맡지 못하게 되었다. 곤충들이 점차 살충제에 내성이 생기면서 살충제 용량도 계속 늘릴 수밖에 없게 되었다.

인간은 식물의 유전자를 변형함으로써 식물을 '돕는' 일을 의무로 삼았다. 그 결과 상황은 아이러니하게 변했다. GMO(유전자변형 작물) 제조업자들은 영리적인 목적으로 식물에 살충제 단백질을 주입했는데, 식물의 포식자들이 그것에 금세 면역력을 갖추자 다시 금전적인 이유로 앞서 제거한 자연적 방어 체계를 인위적으로 식물에 되돌려줄 수밖에 없게 되었다. 이것이 바로 옥수수에게 닥친 일이다. 옥수수의 또 다른 포식자 옥수수근충Diabrotica virgiferasms은 유충이 어린 싹을 먹을 수 있도록 옥수수의 뿌리 부근에 알을 낳는 습관이 있다. 야생 옥수수와 인간이 가장 오랫동안 재배해온 품종들은 앞에서 말한 유충을 아주 좋아하는 선충류를 유인하는 물질인 카리오필렌*을 분비해 이 문제를 해결했다. 그러나 알곡이 크고 생산량이 높은 옥수수를 얻기 위해 농학자들은 성장 과정에 불필요하다고 여기고 카리오필렌을 제거하는 돌이킬 수 없는

---

* caryophyllene: 식물과 곤충에서 발견되는 세스퀴터펜 탄화수소. 허브, 향신료, 과일 등에 들어 있는 향미 화합물의 하나이다.

선택을 했다. 그러자 홀로 자기방어를 할 수 없게 된 옥수수는 옥수수근충에 몰살당했다. 이로써 미국은 수억 달러의 손실을 입고는 살충제의 생산과 살포에 그만큼의 비용을 더 들이게 되었고, 그 살충제는 꿀벌을 말살하고 인간의 건강을 해쳤으며, 살충제를 맞고도 살아남은 곤충 세대의 면역체계를 강화했다.

결국, 의도치는 않았지만 온 지구에 끼친 재앙(전 세계에서 매년 10억 달러 이상의 손실이 났다)의 책임자가 된 바로 그 유전학자들에게 옥수수를 원래 상태로 돌려놓으라는 요청이 떨어졌다. 따라서 그들은 오레가노에서 카리오필렌을 생성하는 유전자를 추출해 다시 옥수수에 주입함으로써 '반대 방향으로' 유전자를 변형했다. 그 모든 게 결국 헛짓이었던 것이다. 식물학자이자 신경생물학자인 스테파노 만쿠소Stefano Mancuso는 이렇게 결론지었다. "결국, 옥수수의 원래 타고난 특성 중 하나를 복원하기 위해 유전자변형 식물을 하나 만들어내야만 했다."*

자연을 다스린다고 주장하는 유전자 변형학은 식물이 가진 수단들을 마주하고 제 무지를, 제 오만과 한계를 줄곧 입증해 보인다. 식물의 자연적 방어 체계는 유머까지 갖추고 있는 걸

---

* 스테파노 만쿠소·알레산드라 비올라,『매혹하는 식물의 뇌』, 행성B, 2016년.

까? 식물의 아이러니와 관련해서 내가 아는 가장 충격적인 예는 식물학자들이 〈뉴욕타임스〉 사건이라 부르는 일이다.

1964년, 하버드대학에서 빈대를 전공하는 연구자인 카렐 슬라마는 해결할 수 없는 불가사의와 맞닥뜨렸다. 조국 폴란드를 떠나 미국의 이 연구실에 들어온 뒤로 그는 한 번도 본 적 없는 현상을 관찰한다. 배양 상자 속에서 부화하는 곤충들의 유충이 변태를 종의 절대 규칙대로 다섯 번이 아니라 여섯 번, 심지어 일곱 번이나 하는 것이다. 그 결과 유충들은 빈대가 되기도 전에 죽어버린다. 그는 결국 이 현상의 설명을 찾아낸다. 유충 호르몬의 과다 분비가 이유였다. 그런데 그 원인은 뭘까? 가능한 감염 요인들을 샅샅이 살펴보았으나 헛수고였는데, 단 한 가지가 남았다. 배양 상자에 깔린 신문지였다.

그래서 슬라마는 실험실 조교들이 당혹해하는 실험에 몰두한다. 빈대들이 다양한 신문지 위에서 알을 낳게 하는 것이다. 〈워싱턴 포스트〉부터 〈르 피가로〉, 런던 〈타임스〉와 로마의 〈템포〉며 〈프라우다〉까지. 어떤 호르몬 교란도 일어나지 않는다. 반면에 유충들은 그의 실험실이 구독하고 있던 〈뉴욕타임스〉 위에 놓이기만 하면 변태를 거듭했고, 죽음이 뒤따랐다.

대체 〈뉴욕타임스〉에 어떤 특별한 게 있을까? 이 신문의 무엇이 빈대들을 죽일 정도로 치명적일까? 분석은 명료했다. 활자의 납도, 인쇄 잉크도, 논설 논조도 비난받을 점이 없었다.

그렇다면? 종이 자체가 문제였을까? 아니다. 종이의 화학적 구성요소들은 경쟁사들이 사용하는 것과 동일했다. 남은 건 마지막 실마리 하나뿐, 바로 종이의 원료였다.

지칠 줄 모르는 슬라마는 강박증에 가까운 조사 끝에 〈뉴욕타임스〉의 펄프를 만들기 위해 베어진 나무들이(발삼전나무와 낙엽송) 모두 빈대가 들끓던 숲에서 온 것이라는 사실을 알게 되었다. 그리고 실험용 빈대들의 죽음이 사고가 아니라 범죄라는 확신을 품었다. 그것도 사후 범죄. 터무니없어 보이겠지만 그 나무로 만들어진 죽음의 물질이 펄프 형태로도 여전히 '작용했던' 것이다. 그 모든 빨기와 섞기와 화학적 변화를 겪고 나서도.

미친 학자의 편집광적인 착란일까? 아니다. 1966년 그 침엽수에서 '주바비온'*이라고 이름 붙인 물질을 추출해낼 수 있었다. 이 물질은 빈대의 유충호르몬이 내는 효과를 완벽히 모방하는데, 유충들을 죽일 정도로 강력했다. 한 마디로 말해서 발삼전나무와 낙엽송은 빈대들의 공격에 맞서 싸우기 위해 가장 무시무시한 살충제를 쓴 것이다. 번식을 막아 한 종을 파괴하는 살충제였다.

식물학자들은 머리털을 쥐어뜯을 정도로 당황했다. 그만큼

---

* juvabione : 애벌레 호르몬. 곤충의 성숙을 저지한다.

이나 이 발견이 식물의 작용에 대해 그들이 알고 있던 지식을 뒤흔들어 놓은 것이다. 단도직입적으로 말해보자. 빈대 고유의 유충호르몬을 복제하기 위해 나무는 거의 빈대들을 스캔해야만 했다. 그런데 어떤 방식으로? 어떤 탐색과 처리와 정보 기술로? 그건 여전히 알지 못한다. 반면에 나무가 이 호르몬을 합성하는 '방법'은 알아냈다. 콜레스테롤을 이용한 것이다! 식물학의 또 하나의 보루가 무너졌다. 이때까지 우리는 콜레스테롤이 오직 인간과 동물에게만 있다고 생각했다. 그런데 아니다. 콜레스테롤은 식물이 기생충과 포식자들의 후손을 제거함으로써 그 개체 수를 조절하게도 해주는 것이다.

식물 지능의 가장 믿기 어려운 힘 가운데 하나를 밝혀준 이 우연한 발견은 구체적으로 어떤 결과를 낳았을까? 오직 한 가지다. 주바비온을 토대로 만든 살충제의 대량 생산이다.

～ ～ ～

성찰의 차원에서 우리가 위의 이야기로부터 끌어낼 수 있는 결론은 유물론자들에게 많이 거슬릴 것이다. 이 이야기의 교훈은 우리의 습관적 지표들을 단번에 뒤흔들어 놓는다. 식물이 죽어서조차, 인간에 의해 화학적으로 변형되고 재활용되면서조차 제 포식자에 맞서 예방 차원으로 자기방어를 한다니 말이다. 그러나 이 정도는 현상을 이해하는 첫 단계에 지나지 않는다.

이 경우를 주의 깊게 연구한 장-마리 펠트[*]는 자신의 책에서 얘기하지 않은 한 가지 요소를 내게 털어놓았다. 문제의 미국 신문지에 잔류한 주바비온의 비율은 그것을 분석한 생물학자들이 보기에, 유충의 때 이른 죽음을 초래할 정도로 비정상적인 변태를 유발하는 데 필요한 함유량에 한참 못 미친다는 것이다. 그렇다면 어떤 결론을 내려야 할까? 복수심 품은 먹이를 가공한 물품과 접촉한 빈대들에게 저주가 내린 걸까? 과학자들은 다른 얘기를 하고 싶어 하지만 샤먼들은 식물의 종마다 한 정령의 지배를 받으며, 식물이 살아 있는 동안 정립한 정보를 정령이 계속 전한다고 대답한다. 그런 식으로 식물과 나무의 '주된' 감정들 가운데 으뜸인 위험에 대한 인식이 사후에도 환경에 영향을 미칠 수 있다는 것이다.

또 다른 사건 하나가 샤먼들의 가정을 예시해 보인다. 멀구슬나무[**] 사건이다. 인도에 널리 퍼진 이 라일락과 식물은 어떤 초식성 곤충의 공격도 받지 않는 특징이 있다. 이 식물이 견줄 데 없는 힘을 지닌 메스꺼운 물질을 만들기 때문인데, 아자디라크틴이라는 이 물질은 어떤 포식자에게도 확실한 식욕감

---

[*] 장-마리 펠트, 『자연의 비밀 언어』, Fayard, 1996년.
[**] 나무는 가구재로 쓰이고, 근피와 열매는 약용하며 정원수로 재배한다.

퇴제로 작용한다. 이 속성은 당연히 다이어트 산업을 홀렸고, 미국의 한 실험실이 이 라일락을 장악하고 '보호'했다. 다시 말해 그 실험실은 멀구슬나무를 다이어트 분야에서 상업적으로 활용하는 데 대한 독점권을 거머쥐었다. 이제 실험실은 법적 차원에서 이 식물의 소유주가 되었다. 그런데 이 식물은 수천 년 전부터 인도에서 민간치료제로 사용되어왔다. 이제 인도 사람들은 그걸 재배할 권리를 가지려면 로열티를 제약 실험실에 지불해야 할 처지가 된 것이다. 자연에 특허를 부여함으로써 살아 있는 한 종의 소유권을 취득한 이 대기업의 파렴치한 사건은 장-마리 펠트가 책임을 맡고 있던 유럽 생태학연구소의 고발로 세상에 알려졌고, 인도에 항거를 불러일으켰다.

그 후 멀구슬나무에서 파생된 약이 상용화되었는데, 얼마 가지 않아 소비자들에게서 부작용이 나타나기 시작했다. 마치 식물의 정령이 그 합법적 절도에 항거라도 하는 듯 보였다. 이것이 제레미 나비Jeremy Narby처럼 샤머니즘을 전공한 민속학자가 전하는 '논리적' 설명이다.

이 이야기가 내게 『이중 정체성Double identité』을 쓰도록 영감을 주었다. 내 소설들 가운데 유일하게 검열의 벼락을 맞은 작품이다. 그때 당한 건 경제적 검열이었는데, 그 동결 상황을 맞닥뜨리고 출판사와 나는 속수무책이었다. 대형 광고주인

화장품 기업의 압박으로 여러 미디어에서 우리의 책 홍보를 거부한 것이다. 나는 이 책에서 어느 식물학자가 그의 꿈속에 나타나 도움을 청하는 식물에게 어떻게 시달리는지 가정했다. 아메리카 인디언들이 오래전부터 암 치료에 사용하고 있는 아마존의 한 식물을 어느 화장품 회사가 노화 방지 크림으로 특허를 신청하려는데, 그렇게 되면 숲의 부족들은 그 식물을 채취해서 마음대로 사용하지 못하게 될 터였다.

그런데 내가 금세 깨달은 나의 죄는, 이 수치스러운 특허 취득을 저지하는 효과적인 대응책을 고안해낸 것이었다. 나의 허구 속 주인공이 실행에 옮긴 그 대응책을 내 책을 읽은 변호사들이 멋들어지게 활용했다. (그들은 내 생각을 활용하면서 받은 수임료에 대한 로열티는 주지 않았지만, 내게 정중히 고마워했다.) 그것은 단순한 사실에서 비롯된 발상이었다. 식물의 특별한 용도를 특허 내는 건 식물의 구성요소 전체를 특허 내는 셈이다. 그런데 식물들은 많은 요소를 공통으로 지녔다. 문제의 화장품 그룹이 멀구슬나무의 소유주로 선언된다면 이 식물의 여러 구성요소 중 하나를 지닌 다른 종을 이미 소유하고 있기만 해도 선점권을 행사해 경쟁상대의 특허를 공격할 수 있다는 얘기다. 이 경우엔 그런 식으로 다국적기업들 간의 법적 전쟁을 일으키는 것이 식물들을 잠정적인 자유 상태로 돌려놓는 최선의 방법이었다.

내가 소설가로서 발견한 이 방법이 현실에서 실행되면서 나는 그 대가를 톡톡히 치렀다. 『이중 정체성』은 리암 니슨과 다이앤 크루거 주연의 영화로 만들어진 내 소설 『언노운 *Hors de moi*』의 후속작이다. 이 식물 스릴러 영화의 세계적 성공 덕에 후속작도 영화로 각색되었는데, 갑자기 할리우드와의 협상이 중단되었다. 제작 차원의 내부적 문제 때문이었을까, 아니면 외적 압력 때문이었을까? 영화는 결국 만들어지지 못했다.

어쨌든 나의 보잘것없는 기여 덕에, 특히 과테말라부터 부르키나파소를 거쳐 몽골까지 오가며 원주민들로부터 대대손손 내려오는 식물학적 지식을 수집하고 되살리고 보호하는 장-피에르 니콜라*와 그가 지휘하는 '세상의 정원'**이라는 NGO 단체의 치열한 활동 덕에 오늘날 다국적기업들이 자연의 창조물을 몰수해 그것의 이점을 먼저 발견한 민족들에게 해악을 끼치는 일이 전처럼 쉽지 않게 되었다.

---

*   Jean-Pierre Nicolas : 프랑스의 민족 식물학자.

**   www.jardinsdumonde.org

유혹에서 술책까지

식물은 느끼고 실행할 줄 안다

우리가 할 일은

식물의 관용을 간청하는 것이다.

그게 아니라면 식물의 절약 감각에

호소하는 것이다.

악조건이 오히려

힘이 되는 경우가

종종 있다.

움직이지 못하는 게 명명백백한 꽃식물들이 그 예를 보란 듯
이 제시한다. 꽃식물들이 번식하려면 수분受粉을 매개해줄 곤
충이, 특히 1억4천만 년 전에 식물과 동시에 지구상에 나타난
벌이 필요하다. 꽃가루를 이 꽃에서 저 꽃으로 옮기는 일벌의
도움 없이는 꽃들은 후손을 남기지 못한 채 죽게 될 것이다.
꿀벌은 꽃이 대가로 제공해주는 꽃꿀 없이는 살지 못할 것이
다. 이는 다윈에게 소중한 개념인 공진화(여러 개의 종이 서로 영향
을 주면서 진화하는 현상)의 완벽한 예다.

　수분을 매개하는 곤충들의 관심을 일깨우기 위해 식물들
은 다양한 유혹의 수단을 동원한다. 매혹적인 형태, 향기, 색

채, '꿀샘 안내장치'(오직 꿀벌만이 지각할 수 있는 자외선) 등. 그런데 어떤 종들은 온갖 노력을 기울이고도 일벌들을 대상으로 아무 성과를 거두지 못한다. 타고난 패만으로는 수정에 이르지 못하는 이 '낙오 식물'들은 술책을 동원할 수밖에 없다.

유카*의 경우가 그렇다. 미국 서부의 건조한 사막이 원산지로 뾰족하고 긴 잎을 지닌 이 식물은 흰 꽃을 피우는데, 그 향기로는 애초에 수분 매개자들의 흥미를 끌지 못한다. 그래서 이 식물은 꽃을 작은 종 모양으로 만들어 프로누바Pronuba 나방들이 열기를 피해 그 속에 들어와 알을 낳도록 유도한다. 그러나 그곳에 들어가려면 장차 엄마가 될 프로누바는 입장권을 사야 한다. 암꽃들이 열어주길 바란다면 수꽃에서 꽃가루를 묻혀서 자기 머리보다 더 큰 덩어리를 만들어 안으로 밀고 길을 터야 한다.

이후의 진행은 한결같다. 프로누바는 유카의 씨방 속에 첫 알을 낳고 나면 암술머리에 꽃가루를 발라 수정을 돕는데, 가진 꽃가루와 알을 소진할 때까지 그런 행동을 계속한다. 그러고 나면 죽는다. 이 곤충 덕에 유카 난초는 씨앗을 만들고, 유충들은 부화하면서 그 씨앗을 먹는다. 여기서도 상호부조의

---

* Yucca : 용설란과에 속한 여러해살이풀. 실난초.

협정은 지켜진다. 어린 프로누바 나방은 날아가기 전까지 씨 앗을 스무여 개만 소비한다. 낳은 알의 수와 씨앗의 수량을 보면 꽃은 씨앗을 대략 반쯤 지키게 되는데, 그것이면 충분하 고 심지어 더 유익하다. 어린 씨앗을 일부 제거하면 남은 씨앗 들이 더 잘 자라기 때문이다.

그러나 식물이 모든 걸 취하고 아무것도 내놓지 않는 다른 경우들도 있다. 착각을 내놓는 경우가 있는데, 예를 들어 '타 이탄 아룸'(시체꽃)과 같은 과의 헬리코디케로스 무시보루스 Helicodiceros muscivorus는 시체 악취를 완벽하게 모방해서 자신 을 시체처럼 속여 쉬파리를 유인한다. 잔뜩 흥분한 파리들은 식물의 생식기 속에 알을 낳는다. 그렇게 아무것도 모른 채 다 른 '시체꽃'들에게 꽃가루를 날라 수정을 해주는 것이다.

착각의 작업이 훨씬 더 정교할 수도 있다. 영국 여성 식물학 자 미스 드레이크Miss Drake를 기리는 이름을 단(그녀의 남성 동료들에게서 나온 모호한 오마주다), 변태적인 난초 드라카 이아Drakaea에 관심을 기울여보자. 망치난초(해머오키드)라고도 불리는 오스트레일리아 원산지의 이 긴 풀은 부피도 매력도 없어(오직 잎 하나에 꽃 하나뿐이다), 그 자체로는 어떤 수분 매개자도 홀리지 못한다. 그래서 이 식물은 당혹스러울 정도 로 교묘하고 효과적인 전략을 세워야만 했다.

이 사랑받지 못하는 식물은 멸종되지 않기 위해 자기 꽃의 중심부를 타이니드 말벌 암컷의 형태와 크기를 똑같이 모방해 가장한다. 수컷 말벌은 식물이 완벽하게 '모방'해낸 페로몬 향기에 이끌려 짝짓기를 하려고 꽃에 달려든다. 말벌이 교미가 불가능하다는 사실을 깨달으면 몸에 꽃가루를 잔뜩 묻히고 떠나 사랑의 실패가 이어지는 내내 이 꽃 저 꽃으로 운반하게 된다. 그 덕에 이 식물은 수정이 된다. 그러나 무엇보다 믿기 힘든 점은 번식기가 아닌 기간에는 땅속에서 사는 타이니드 말벌 암컷이 땅에서 나오기도 전에 꼭 닮은 쌍둥이를 만들어낸다는 것이다. 풍뎅이 유충을 먹고 사는 이 암컷 말벌은 진화하면서 날개를 잃어 평생 딱 한 번 하늘을 나는데, 수컷이 암컷을 붙들고 공중에서 수정할 때다.

이 창조적 예상의 실례를 접하니 이런저런 의문이 떠오른다. 식물은 암컷 말벌을 보지도 못한 채 그 모습과 성적 향기를 모방하는데, 대체 그 정보를 어디에서 얻었을까? 선천적 기억에서? 후천적으로 획득한 어떤 기억(식물 머리 위에서 진행된 밀월여행)에서? 아니면 암컷을 찾아다니는 수컷의 '머릿속 이미지'에서 암컷의 물리적 특성을 끌어낸 걸까? 물론 이것은 아직 어떤 합리적 설명도 없는 상황에서 소설가가 떠올려보는 순수한 가정이다. 현재 우리가 얘기할 수 있는 건 스탠퍼드 대학의 인류학 박사 제레미 나비Jeremy Narby가 쓴 다음 말뿐이다. "식물은 정보를 관리하며 온 조직으로 반응할 수 있다. 식물의 세포는 전기 분자 신호를 통해 서로 소통한다. 몇몇 신호는 우리의 뉴런이 사용하는 것과 놀랍도록 닮았다."[*]

조금 더 나아가보자. 난초는 자기 전략이 통하는 걸 보고 고마움을, 나아가 연민을 느낄 수 있을까? 장-마리 펠트가 환기하는바, 일부 오스트레일리아 종 드라카이아는 모방을 몰아붙여 자신이 만든 가짜 말벌 암컷에 생식기까지 갖춘다. 말벌 수컷에게 일종의 '보상'을 제공하려는 걸까? 아니면 수컷을 더 오래 붙들어두려는 수단일까? "곤충이 그 가짜 생식기에 제 정자들을 퍼뜨리고 진짜 암컷들은 저버리는 모습이 관찰된다."[**] 그러니 제 종의 미래를 염려한 이 식물이 잔뜩 흥분한 수컷 말벌을 제 단골로 붙잡아두기로 마음먹었다고 결론내릴 수 있다….

물론 이것은 의인화한 예측이다. 그러나 순수한 감사의 표시가 아니라면 이 난초가 제 수분 매개체에게 섹스인형이라는 옵션을 제공해서 얻을 이득이 뭐가 있겠나?

---

[*]   제레미 나비, 『자연의 지능 *Intelligence in Nature*』, Buchet-Chastel, 2005년.

[**] 장-마리 펠트, 『나의 가장 아름다운 식물 이야기*Mes plus belles histoires de plantes*』, Fayard, 1986년.

서비스 제공자들을 만족시키려는 배려를 드러내는 듯 보이는 이런 식물과 달리 훨씬 더 기회주의적인 식물도 있다. 그런 식물은 수분 매개 곤충을 유인해서 수정이라는 임무를 완수하고 나면 곤충을 잡아먹는다. 여러 육식식물의 경우가 그렇다. 예를 들면 아룸 속의 한 변종인 천남성은 신선한 버섯 향기로 날파리(하루살이)를 유혹하는데, 날파리는 깔때기 모양의 구멍 속에 떨어져 수꽃의 꽃가루 한가운데서 교미를 한다. 그러고 나면 출구를 찾아내어 거기서 벗어난다. 얼마 후 날파리는 다른 천남성 꽃이 차려 내놓는 식탁을 다시 찾는데, 여전히 열렬히 환영받는다. 그 꽃이 암꽃이면 날파리가 옮겨온 꽃가루로 수정이 이루어질 테고, 그렇게 되면 날파리의 삶은 거기서 끝난다. 활짝 핀 암꽃에는 비상구가 없기 때문이다. 날파리가 들어온 곳을 통해 빠져나가는 것은 불가능하고, 신방은 식료품 저장고로 돌변한다. 이 경우 식물에게는 수정이라는 보너스까지 주어진다.

　　그렇지만 다른 육식 종들은 수분 매개자와 단순한 먹이를 구분한다는 사실에 유의해야 한다. 타의 추종을 불허하는 사냥꾼인 벌레잡이통풀 네펜데스Nepenthes는 수정을 해주는 나비만 예외로 봐주고 꽃꿀로 곤충들을 유혹해서 내벽면이 지독히도 미끄러운 저수조 깊이 떨어뜨려 위액에 빠져 죽게 한다. 이 탐욕스러운 식물은 도마뱀도, 심지어 쥐도 소화한다.

그러나 (아직 교육받는 예비 식물학자였던) 찰스 다윈이 밝힌 반대의 예도 있는데, 곤충이 육식식물을 이용해 제 삶을 편하게 만드는 경우다. 꾸정모기가 그렇다. 이 어설픈 큰 모기는 상당히 장애가 될 정도로 기묘한 모습인데, 뒷다리가 너무 길어서 태어날 때부터 다리를 절뚝인다. 이 곤충이 정상적으로 걸을 수 있는 유일한 방법은 끈끈이주걱에게 '다리가 잘리는' 것이다. 다윈에 따르면 이 절단 예비후보는 등 쪽을 대고 천천히 육식식물 가까이 다가가 도발하는 데서 짓궂은 즐거움을 맛보는 것 같다. 이 식물 잎에 달린 무시무시한 턱뼈가 닫힐 때 곤충은 뒷다리의 3분의 2를 희생하고 황급히 함정에서 빠져나간다. 끈끈이주걱에게는 보잘것없는 식사이지만 꾸정모기에게는 구원의 신체절단이다.

다윈 얘기가 나왔으니 그의 천재적인 직관에 경의를 표하고 넘어가자. 그와 동시대 사람들 누구도 그의 말을 믿지 않았다. 마다가스카르의 난초에 관한 얘기다. 별 모양의 흰 꽃이 피는 풍란 앙그레쿰 세스퀴페달레Angraecum sesquipedale를 보았을 때 그는 그 식물의 꿀샘 깊이가 30센티미터나 되어 꿀벌이 접근할 수 없다는 데 주목한다. 그렇다면 그 식물은 어떻게 수정을 할까? 그 꽃꿀을 퍼올리려면 같은 길이의 대롱을 가진 나비가 존재할 수밖에 없다는 것이 다윈의 결론이다. 모두가 비웃는다. "코끼리 나비라도 있어야겠네! 그런 게 존재했다면 벌써 눈에 띄었을 것 아닌가?" 다윈은 고집했다. 그 나비가 눈에 띄지 않은 걸 보면 아마 야행성 나비, 박각시나방일 것이다. 사람들은 더는 그에게 반박조차 시도하지 않는다. "미친 작자야!"

다윈은 단념하지 않았지만 조롱에 지쳐서 관심을 다른 데로 돌렸다. 그러나 자신이 옳다는 걸 알았다. 그의 가정이 근거 없는 것이라면 그 난초는 살아남지 못했을 것이다. 그뿐 아니라 그는 자신이 꿈꾸는 나비가 식물의 형태에 맞추어 진화했을 거라고 믿었다. 그 나비가 먹기 위해 제 대롱의 길이를 늘렸으리라고 생각한 것이다. 역시나 공진화 얘기다. 박각시나방 문제는 오래도록 그의 목에 걸려 있었다.

그 후 40년이 흐른 1903년에 마다가스카르에서 다윈의 묘사에 꼭 들어맞는 크산토판 박각시나방이 발견된다. 작은 코끼리코 같은 대롱을 가진 나비였다. 대롱 길이가 30센티미터가 아니라 22센티미터였지만 유효했다. 나방이 몸을 살짝 숙이면 꿀샘 바닥까지 닿았다. 찰스 다윈이 죽은 지 이미 21년이 지난 뒤였다. 다윈을 추모해 '그의' 나비에는 (존재가 예견된 나비라는 의미로) 크산토판 박각시나방Xanthopan morganii praedicta이라는 이름이 붙여졌다.

그러나 2007년 캘리포니아대학의 두 연구자 저스틴 휘톨Justen Whittall과 스콧 호지스Scott Hodges는 〈네이처〉에 박각시나방의 아버지가 세운 가설에 반박하는 가설을 발표한다. 나비의 긴 대롱에 맞추느라 꽃의 꿀샘이 길어진 것이지 그 반대가 아니라는 가설이었다. 어쨌든 다윈은 핵심에 있어서 옳았다. 공진화가 식물과 동물의 관계를 여는 열쇠라는 것이다.

❧　❧　❧

우리는 꽃식물이 1억4천만 년 동안 후손을 보장하기 위해 저들에게 필요한 곤충들을 상대로 유혹의 기술을 발휘해 어떤 경이로운 행동들을 실행해왔는지 안다. 그러니 식물이 생겨나고 1억3천5백만 년 후에 지구에 출현한 인간에게도 식물의 관심이 쏠렸으리라고 쉽게 상상할 수 있다. 이 두발짐승이 식물에 관심을 기울인 건 단지 식량과 관계된 이유 때문만은 아니었다. 진화 초기부터 인간은 식물의 향기와 맛, 색채와 아름다움에 끌렸다. (그런데 이게 바로 식물의 목적이 아니던가?) 스테파노 만쿠소는 2013년에 이렇게 썼다. "식물이 우리에게 기분 좋은 꽃을, 열매를, 냄새를, 맛을, 향을, 색깔을 만들면서 인간을 상대로 조종 능력을 발휘했으리라는 것도 배제할 수 없는 사실이다. 어쩌면 식물은 오직 인간의 마음에 들려는 목적에서 그 모든 걸 만들었고, 인간은 그 반대급부로 전 세계에 꽃을 퍼뜨리고 가꾸고 보호하는지도 모른다. (…)

자연에서는 누구도 아무 대가 없는 행동을 하지 않으며, 우리가 적어도 일부 식물 종에게는 최고 동맹이 될 수 있을 행성에 살고 있다는 사실을 기억하자."*

그렇다, 하지만… 동맹인 인간이 배신해서 갑자기 최악의 포식자로 돌변한다면 식물들은 어떻게 반응할까? 산림파괴에 공해 피해까지, 유전자 조작에 몰수 특허 취득까지 인간은 한 세기도 채 되지 않는 시간 동안 식물에게 공공의 적 1호가 되었다. 그렇다면 식물이 노린재를 상대로 실행했던 퇴치법을 인간에게 실행할 위험은 없을까?

식물은 실제로 그렇게 했다.

1990년대 초, 대추야자나무의 꽃가루 속 에스트론이나 감자 속의 프로게스테론처럼 다양한 식물 종에서 여성 호르몬이 발견되었다. 장-마리 펠트는 1996년에 『자연의 비밀 언어』에서 이렇게 말한다. "식물은 곤충의 호르몬만 흉내 내는 데 그치지 않는다. 여성의 특정한 성호르몬도 만들 줄 안다." 그것도 피임약의 용량을 연상시키는 용량으로….

그것은 자연의 '실수'일까 아니면 인간이 초래할 위험에 대한 식물의 결연한 대응일까? 펠트는 "곤충의 출생 제한은 다양한 식물 종들이 실행하는 활동이고, 인간이 채택하기 훨씬

---

* 　스테파노 만쿠소·알레산드라 비올라, 『매혹하는 식물의 뇌』, 앞의 책.

전부터 자연에서 쓰이던 전략이다"라고 말한다.

2015년 죽기 직전에 장-마리 펠트는 이 당혹스러운 현상에 관한 연구를 재개하려고 시도했으나, 보건 당국이 국방 기밀로 분류하는 바람에 그러지 못했다. 소비자들을 보호할 목적이라는 모양새를 띤 유치한 검열이었다. 대체 무엇으로부터 보호한단 말인가? 그 비밀의 폭로가 낳을 공포와 식품 거부 운동으로부터? 진실로부터? 그렇다면 대추야자와 감자의 소비가 불임을 초래할 위험이 있다고 결론 내려야 할까?

펠트의 계승자들도 똑같이 공식적인 침묵의 벽에 부딪혔다. 나 역시 국립과학연구소CNRS의 한 식물학자에게 이 문제를 제기해보았는데, 그는 대단히 정중한 말로 나를 안심시켰다. 대추야자나무가 만들어내는 호르몬 병기兵器는 그 나무에 해를 가하는 원숭이만을 겨냥한 것이라는 얘기였다. 감자는 도무지 원숭이를 향한 협박으로 보이지 않는다고 나는 지적했다. 그러자 그는 태도가 돌변하더니 날더러 진짜 소설가답게 소설 같은 소리를 하고 있다고 말했다.

물론, 의미 있는 연구가 고의로 부재한 상황이니 이 잠재적인 호르몬 공격은 허구를 지어내는 사람의 환상으로 간주될 수 있다. 그러나 펠트는 이 현상의 사실성과 그로부터 발생할 문제의 긴급성을 강조했다. 우리 종에게는 불행하게도 식물의 유혹이 우리 인구를 조정할 목적의 책략으로 바뀌었는지 모르지 않나? 우리가 과도하게 산림을 벌채해 자살과 다름없는 광기를 저질렀어도 식물계는 아직 지구 생물 총량의 99%가 넘는다는 사실을 상기하자. 식물 없이는, 식물이 우리에게 제공하는 산소와 식량 없이는 우리는 죽은 목숨이다. 그러나 식물은 우리가 없어도 아무 문제 없이 살 수 있다. (식물은 이미 오래전에 그걸 증명해 보였다.) 인간이 20세기 말에 유전자변형GMO으로 식물의 여러 종에 겪게 한 극단적인 가학행위와 식물들이 만들기 시작한 최초의 인간 피임제가 동시대로 보인다. 단순한 우연일까? 자연은 인간과 달리 그 어떤 것도 이유 없이 행하지 않는다.

M. 나이트 샤말란*은 그의 영화 〈싸인Signes〉(2002)에서 이 녹색 혁명을 그렸다. 나는 나의 3부작『토마 드림Thomas Drimm』의 두 번째 책인『나무 전쟁은 13일에 시작된다』에서 내 방식으로 이 문제를 다루었다. 우리가 잘못 생각한 것이라고 미래에 밝혀지길 희망해보자….

어쨌든 희망은 남아 있다. 이 보복의 원인이 된 현상에 책임이 있는 우리에게 그 원인을 제거할 자유가 있는 것이다. 우리는 식물들이 공해라는 위기의 문턱에서 꽃가루를 보호하려고 어떤 강력한 반응을 보였고, 공해가 줄어들자 다시 원래 상태

---

* M. Night Shyamalan : 〈식스 센스〉 영화감독.

로 돌아갔는지 보았다. 영국의 세필드 같은 산업지대나 로렌 지방의 철강산업 지역에서 제련소를 해체했을 때 그런 일이 벌어졌다. 마찬가지로, 포식자들이 잠잠해지면 나뭇잎은 더는 독을 품지 않는다. 노린재의 과잉이 억제되기만 하면 희생자들은 노린재를 죽이는 호르몬을 더는 만들지 않는다.

이것이 식물계를 언제나 지배하는 최소 노력의 법칙이다. 불필요한 행위도 하지 않고, 이유 없이 에너지를 낭비하는 일도 없다. 우리가 할 일은 식물의 관용을 간청하는 것이다. 그게 아니라면 식물의 절약 감각에 호소하는 것이다. 곧 보게 되겠지만 식물은 적대적인 생각 같은 구체적인 위험에도 반응하지만 좋은 감정에도 무심하지 않다.

식물은 칭찬에 민감할까?

식물의 감수성

날이 갈수록 욕설을 들은 식물은

눈에 띄게 시들어갔고,

반면에 칭찬을 들은 식물은

크기와 건강미가 열 배로 돋보였다.

호세 카르멘 가르시아 마르티네즈는

멕시코의 농부로

문맹이다.

(적어도 그의 동족들이 사용하는 글말에 관해서는 그렇다.)

식물들은 그를 이해하고, 그가 요구하는 대로 예외적인 크기와 생산량과 저항력을 보여 그 사실을 입증해 보인다. 50킬로그램짜리 양배추, 높이 5미터가 넘는 옥수수, 1미터 50센티에 달하는 근대잎, 수확량이 1헥타르당 통상적인 16톤이 아니라 100톤이 넘는 양파, 한 그루당 평균 2개가 아니라 8개가 열리는 호박…. 이것은 이 농부가 단지 칭찬과 다정한 말을 농작물에 들려주는 방식으로 40년째 보여주는 결과다.

　멕시코 농림행정처의 엔지니어 150명과 함께 경쟁하도록 호출받은 호세 카르멘은 그들에게 참패를 안겼다. 경쟁자들은

1헥타르당 양배추를 6톤도 채 수확하지 못했는데, 이 농부는 110톤을 수확했다. 스무 배가 넘었다! 농부 호세 카르멘은 그를 다룬 책에서 이렇게 말한다. "식물들은 우리가 어떻게 저들을 경작해야 하는지 알려줄 줄 압니다. 그 말을 듣기만 하면 됩니다. 저는 화학비료를 믿지 않습니다. 그런 비료는 땅을 태울 뿐입니다. 최고의 비료는 식물과의 대화입니다. 식물을 아는 법을 배워야 하고, 다정하게 대해야 합니다. 식물은 그걸 이해하고 압니다…." *

그가 보여준 엄청난 결과는 멕시코 당국의, 특히 농산부 공무원들의 검열을 받았다. 토질을 분석해 보았지만 아주 메마른 땅이어서 그런 성장과 수확을 설명해주지 못했다. 따라서 당국은 호세를 전국 곳곳으로 보내어 다른 땅에서 그의 방식대로 경작하게 했다. 세심하고 겸손한 대화, 살찌우는 효력을 지닌 머릿속 이미지, 존중 어린 증언, 사랑과 감사를 담은 생각 등으로. 곳곳에서 그는 동일한 성공을 거두었다. 그렇다면 어떤 결론을 내려야 할까. 그 모든 식물이 첫 접촉부터 그를 기쁘게 해주려는 듯이, 그의 격려에 보답이라도 하려는 듯 "총력을 기울인다"는 결론이 아니라면? 호세 카르멘은 농업경영자라기보다는 마치 트레이너처럼 행동하며 그의 식물 팀이

---

*   이보 페레즈 바레토, 『식물과 말하는 사람』, Clair de Terre, 2010년.

가진 잠재력을 일깨워 최고의 결과를 얻어내는 것 같았다.

　게다가 그의 위업은 단지 양적인 것만이 아니었다. 그가 재배한 생산물의 영양학적 품질과 맛은 파리의 자연사박물관 부속 생물학 연구소를 비롯해 세계 곳곳에서 확인해주었다. 호세 카르멘은 큰 차원에서 보면 몬산토의 죽음을 의미했다. 이 다국적기업이 식물을 유전자변형 작물로 만들고, '자연에 맞서' 농부들을 보호한다며 인질로 삼고, 그들에게 불모의 씨앗들을 팔아 돈을 챙길 때 이 멕시코 농부와 점점 더 수가 늘어나는 그의 추종자들은 식물계와 우리의 관계를 바꿔놓고 있다. 한쪽에는 애송이 마법사의 유전자 조작이 있고, 다른 쪽에는 대화와 존중과 사랑이 있다. 다윗과 골리앗의 싸움은 시작되었다. 그리고 식물은 자신들의 동맹이 어느 쪽인지 안다….

　물론 땅을 점령한 세력들은 자신들의 주도권을 유지하기 위해 돈을, 미디어를, 심지어 법을 이용해 그런 해방자들을 공격한다. 호세 카르멘은 최초의 인물이 아니다. 그 이전에 장 바리 박사가 있었다. 보르도 출신의 이 저명한 정맥 전문의는 생각이 식물 성장에 미치는 효과에 관한 놀라운 연구를 한 바 있다. 고등교육부의 방침에 따라 1993년 『일드프랑스 기술 연구』에 그 연구를 발표한 뒤로, 그는 학계에서는 합리주의자들의 미움을 샀지만 레미 쇼뱅 교수와 존경 어린 우정을 맺게 되었다. 소르본대학의 쇼뱅 교수는 그에게 "초심리학계의 가스코뉴 출신 후배"라는 별명을 붙였다. 두 사람은 '비합리적'이라고 성급히 규정되는 현상들을 학문적 범주 안에서 이해할 필요가 있다고 보았다. 두 사람의 친구인 올리비에 코스타드 보르가르 교수도 같은 생각이어서 바이오커뮤니케이션이라는 주제를 양자물리학의 관점으로 다루었다. 그리고 라빌레트 과학단지에서 과학 고문으로 일하며, 음악 언어를 사용해 식물의 단백질에 직접 접근하려고 시도한(이 작업에 관해서는 10장에서 다시 말하겠다) 조엘 스턴하이머도 마찬가지다.

이 연구자들이 실행했듯이 칭찬은 (진지한 사랑의 말은 더더욱) 식물에 이롭고, 무관심은 해롭다. 특히 가장 떠들썩한 형태가 가장 극적인 효과를 낸다. 욕설이 그렇다. 요코하마대학에서 학위를 딴 대체의학 박사로 자연요법 전문가인 일본인 에모토 마사루는 밥에 대고 욕설을 하면 상하는데, 칭찬을 하고 애정까지 보이면 상온에서 몇 달이나 보존되더라는 사실을 수차례 입증해 보였다. 에모토는 좋은 생각이 조화로운 크리스털을 형성한다는 이론의 전문가인데, 그는 우리 몸의 70%를 구성하는 물이 곡식과 우리 사이에서 발신자와 수신자처럼 작용한다고 본다.* 게다가 쌀은 5만 개의 유전자를, 다시 말해 인간보다 두 배를 가졌으니 욕설을 들을 때만 예민해지는 것이 아니라 외부 세계에 대한 감수성을 명백히 갖춘 진화의 수준을 보여준다.

지구 곳곳의 많은 실험실에서 성공적으로 재현된 이 공깃밥 모욕 실험을 두고 고루한 유물론자들은 인터넷에서 줄곧 비아냥거렸다. 그런데 2018년 5월 이케아 가구 회사는 이 실험기록을 대대적으로 반복하는 탁월한 생각을 해냈는데, 유용하면서 지혜로운 시각이었다. 아이들과 학생들에게 녹색 식물 하나에는 정기적으로 욕을 하고, 또 다른 식물에는 칭찬하라고 요청한 실험이었다. 2018년 5월 8일자 〈뉴욕 포스트〉에 따르면 두 식물은 몇 미터 거리를 두고 같은 공간에 있었으며, 크기도 비슷했고, 겉모습도 같았으며, 동일한 빛에 노출되어 있었고, 물도 똑같이 공급받았다.

성폭력 추방의 날에 시작된 이 실험은 두바이의 다양한 학교에서 한 달 동안 공개적으로 진행되었다. 한쪽 식물에는 "아무도 너를 사랑하지 않아. 너는 너무 못생겼어. 너는 자연의 오류야. 넌 살아 있지도 않아. 존재하지 않아!"라고 말했다. 그리고 다른 식물에는 "네가 꽃 핀 걸 보면 행복해져. 넌 정말이지 경이로워. 너는 존재만으로 우리를 기쁘게 해주고, 온 세상에 꼭 필요한 존재야."라고 말했다.

---

* 에모토 마사루, 『물은 답을 알고 있다』, 더난출판사, 2008년.

날이 갈수록 욕설을 들은 식물은 눈에 띄게 시들어갔고, 반면에 칭찬을 들은 식물은 크기와 건강미가 열 배로 돋보였다. 학교라는 사회에서 일어나는 정신적 괴롭힘은(아랍에미리트에서는 학생 다섯 명 가운데 두 명이 겪고, 프랑스에서는 7십만 명이 겪는 일이다) 식물의 유기조직과 어린아이의 신체조직에 동일한 악영향을 끼친다. 푸릇푸릇한 두 실험대상 위에 걸린 커다란 플래카드에는 이렇게 적혀 있었다. '식물에게도 인간과 똑같은 감각이 있으니까요.'

　'왕따 식물bully plant'이라는 이름이 붙은 이 실험 비디오는 인터넷에서 크게 화제가 되었고, 정신적 폭력의 해로운 결과뿐만 아니라 인간의 생각에 반응하는 식물의 감수성을 드러냈다는 교육적인 효과 덕에 어디서나 환영받았다. .

　일부 출처에 따르면 가구업계의 거대기업인 이케아는 미디어로 공공연히 전파된 이 증명의 확실한 결과를 얻기 위해 두 식물에 물을 달리 줌으로써 예방원칙을 어겼다는데, 참으로 애석한 일이다. 그런데 정원사 중 한 사람은 자신이 이 실험을 감독한 학교에서는 이상하게도 욕설을 듣고 시든 식물이 물을 가장 많이 준 식물이었다고 밝혔다.

식물과 인간의 소통

작은 녹색 외계생명체들

뇌파 측정기에 연결된

실험실의 식물들은

그가 발길을 돌리는

바로 그 순간에 반응을 보였다.

원격소통을 하는

식물의 능력은

우리가 보았듯이

향기와 자외선, 가스성 메시지와 화학 정보를 발산하고, 화초를 잘 가꾸는 정원사들이 발산하는 '좋은 떨림'을 수신하고, 사랑과 증오의 생각에 생리적 반응을 보이는 것에 그칠까? 시적 허용과 물활론(모든 물질이 생명, 영혼을 가지고 있다고 믿는 자연관)적 사고를 뛰어넘어 텔레파시까지 통할 수 있을까?

1966년 2월 2일, CIA에서 심문 전문가로 일하는 클리브 백스터는 뉴욕 타임스퀘어의 연구소에서 기괴한 발상을 했다. 대단히 효과적인 거짓말 탐지기인 백스터 구역 비교검사 Backster Zone Comparison Test를 개발해낸 그는, 방금 물을 준 녹색 식물에 기계 장치의 전극들을 연결하고 뿌리부터 잎사귀까지

물이 오를 때의 반응을 측정했다. 거짓말 탐지기는 피실험자가 진실을 말하는지, 의도적으로 왜곡하는지, 아니면 진실 앞에서 갈등하는지를 아는 데 매우 유용한 세부사항들인 혈압의 변화, 맥박수, 호흡 리듬의 변동을 기록한다는 사실을 기억하자.

드라카이아의 긴 잎사귀들에 전극을 연결한 백스터는 그래픽 기록에서 갑작스러운 변화를 확인하고 놀랐다. 인간이 자기 속마음을 들킬 두려움을 드러낼 때와 유사한 움직임이었다. 식물 세포가 전극 집게에 단순히 반응한 것일까? 백스터는 책에서 이렇게 설명한다. "내가 어떤 용의자에게 총을 쏘아 어떤 사람을 죽였는지 물을 때, 해당 인물이 그 행위를 했다면 그 질문은 그의 안녕을 위협하는 협박처럼 느껴져서 그래프에 도드라지는 반응을 그릴 것이다. 따라서 나는 그런 반응을 재현하려고 식물의 안녕을 위협할 방식을 찾기로 마음먹었다. 적어도 그 시절에는 아직 식물들에게 말을 하지는 않았다. 그래서 협박 삼아 전극 근처의 잎사귀 끄트머리를 아주 뜨거운 커피잔 속에 담갔다."*

별 반응이 없었다. 커피가 식으면서 그래프가 점차 내려갈 뿐이었는데, 그건 인간의 피로나 권태 신호와 맞먹는 것 같았

* 클리브 백스터, 『식물의 감성 지능』, Guy Trédaniel, 2014년.

다. 15분 후, 실망한 고문자는 식물을 괴롭힐 더 강력한 방법을 시도해야겠다고 생각한다. 성냥을 그어서 나뭇잎 하나에 불을 붙이려는 것이다. 그가 그 생각을 떠올린 순간, 다시 말해 그의 머릿속에 이미지가 그려지던 바로 그 순간 탐지기 바늘이 갑작스레 꼭대기까지 치솟는다. 식물이 '의도'를 파악하고, 머릿속 이미지와 그 이미지가 의미하는 생존의 위협을 지각한 걸까?

마음 깊이 동요된 백스터는 옆 사무실로 가서 서랍에서 성냥을 꺼낸다. 그가 돌아와 가까이 다가서자 식물은 극도의 흥분을 의미하는 정점을 탐지기에 기록한다. 그는 성냥을 긋고 잎사귀 가까이 다가가 건드리지 않고 그냥 불을 끈다. 그토록 표현이 풍부한 식물을 태우길 포기한다. 그러자 그래프는 다시 정상으로 돌아간다.

한 시간 뒤에 도착한 조교는 백스터가 녹색 식물 앞에 허탈하게 앉아 있는 모습을 본다. 백스터는 그 놀라운 결과를 말하지 않고 조교에게 성냥을 가져와서 식물에 불을 붙여보라고 권한다. 그러자 즉각 드라카이아는 첫 텔레파시 위협 때와 정확히 동일한 반응을 드러낸다.

50여 년 동안 백스터는 이런 유형의 실험을 수천 번 재현한다. 그는 처음에는 '원초적 지각'이라고 이름 붙였다가 대화가 심화되자 '바이오커뮤니케이션'이라고 부르게 된 소통을 밝히기 위해 실험을 확대한다. 그러면서 식물들에게서 뜻밖의 부작용도 확인한다. 식물이 협박받는다고 '생각'할 때마다 평소와 다른 발육을 관찰할 수 있었다(새로운 공격을 생각할 때마다 2센티미터가량 성장했다). 두려움이 날개를 달아주는 것이라면, 왜 식물은 나뭇잎들을 돋게 하지 않을까? 백스터는 자신의 책에 심지어 "식물들도 자아를 고민할 수 있는 게 아닐까 싶은 생각마저 들었다"라고 쓴다.

백스터가 생전에 학술지나 대량으로 발행되는 잡지들에 발표한 작업을 장-마리 펠트는 "식물에 대한 우리의 관점을 혁신한 세심한 천재의 흠잡을 데 없는 발견들"이라 규정했는데, 유물론적 시각에 사로잡힌 연구자들은 그걸 묵과했다. 백스터의 측정 방법에서도, 그 방법의 관리에서도 반박할 점을 전혀 찾지 못한 그들이 그의 연구결과에 이의를 제기하기 위해 기댈 건 오직 '선험적 추리'뿐이었다.

게다가 그 결과를 활용할 뜻밖의 적용 분야가 발견되었다. 식물 경보 시스템이었다. 클리브 백스터가 쓴 책의 프랑스어 번역본에 서문을 쓴 엔지니어 자크 콜랭은 함께 사는 인간들에 길든 아파트의 식물이 낯선 사람이 나타나면 독특한 신호를 발산한다는 사실이 2013년에 전위차를 탐지하는 센서를 통해 입증되었음을 밝힌다. 식물의 잎들을 경보 중앙장치와 연결하고, 경보장치를 다시 집주인의 전화기와 연결만 하면 완전한 바이오 침입감지기가 작동하는 것이다.

　그러나 1975년 8월 8일, 클리브 백스터가 명망 높은 〈사이언스〉에 이 발견들을 게재했을 때만 해도 사람들의 사고는 훨씬 덜 열려 있었고 덜 실용주의적이었다. '순수하고 엄격한' 과학자들로 구성된 심사위원회가 인정했음에도 이름난 여러 생물학자들은 백스터를 식견 없는 아마추어라고 규탄했다. 그가 식물들에서 포착한 원초적 지각은 그의 작업 초기 단계에서는 재현 가능성의 문제가 있었다. 다른 연구자들이 그의 실험을 다시 해보려고 시도했을 때 세 번에 한 번꼴로밖에 재현하지 못했다. 백스터는 아주 확실하고 단순한 논거로 그 실패들을 설명했다. 실험자가 식물을 괴롭히려는 '실제적' 의도를 표현하지 않으면 두려움의 반응이 그래프에 나타나지 않았다는 것이다. 기계로 측정 가능한 식물의 공포를 기록하려면 정말 진지하게, 진심으로 진솔하게 머릿속 이미지를 발산하지 않으면 안 된다. 식물들에게 거짓은 통하지 않는다.

　그 시절만 해도 기술적으로 완전무결한 조건과 기록을 갖춰 공개적으로 완벽하게 입증에 성공한 사람은 백스터 혼자뿐이었으므로 회의주의자들은 이성적인 사람들이 보기엔 상당히 우스꽝스러운 의혹을 제기했다. 백스터가 염력을 동원해제 실험결과를 변질시켰다는 의심이었다. (그가 생각의 힘으로 그래프 바늘을 움직였다는 것이다.) 무의식적이건 아니건 그는 자신의 실험이 성공하기를 너무도 바랐기에, 그의 뇌가 기계장치를 향해 전파를 발산했고, 그 정신 활동을 기계가 기록했다는 것이다! 이것이 1978년에 〈스켑티컬 인콰이어러 *Skeptical Inquirer*〉에 실린 논문의 결론이었다.

그 논거에 적잖이 당황한 백스터는 자기 실험을 자동화함으로써 반박을 시도했다. 예를 들어 그는 산책하러 갈 때면 무작위로 작동하는 타이머를 주머니 속에 넣고 나갔다. 타이머 소리가 아무 때고 울리면 그는 즉각 실험실로 돌아갔다. 뇌파측정기에 연결된 실험실의 식물들은 그가 발길을 돌리는 바로 그 순간에 반응을 보였다. 뇌전도에 기록된 시간과 타이머의 메모리에 기록된 시간이 그걸 입증해주었다.

이 실험은 〈스켑티컬 인콰이어러〉의 가설을 무너뜨렸고, 매번 완벽하게 재현이 가능했으며, 심지어 전극이 연결된 식물이 연구자들이 돌아오길 기다릴 만큼 충분히 친밀한 관계를 맺지 않은 경우에도 재현할 수 있었다. 실시된 실험과정과 얻어진 결과는 모든 점에서 몇 년 뒤 생물학자 루퍼트 셸드레이크가 개와 개의 주인 사이의 텔레파시 관계를 입증할 때와 유사했다.

이 유명한 연속실험에서는 타임코드 기능을 갖춘 카메라 두 대가 상시 촬영했는데, 한 대는 주인의 집에서 개가 보이는 반응을 녹화하고, 다른 한 대는 주인이 직장에서 하는 행동을 촬영했다. 주인이 귀가하라는 상사의 말을 듣는 바로 그 순간, 매번 그 시간을 임의로 정해도 개는 일어나서 문 앞으로 갔다. 그렇게 '예고 받은' 주인의 귀가 때까지 그 자리에 머물렀다. 그 사이 주인의 상사가 생각을 바꾸어 부하직원에게 다시 앉아서 예정에 없던 일을 하라고 요구할 경우만 빼고. 그럴 경우, 개는 다시 자기 자리로 돌아가 엎드렸다.[*]

그런데 개와 마찬가지로 식물이 포착했을 정신적 파장의 성격은 무엇일까? 백스터의 실험은 거리가 멀어져도 그 신호는 약해지지 않는다는 걸 확인해준다. 따라서 그것은 전자기적 성격의 신호는 아니다. 게다가 그것을 정지시키는 것도 불가능하다. 실험대상인 인간과 식물이 자기장을 차단하는 패러데이의 새장 속에 고립되어 있을지라도. 1997년 7월에 〈선 매거진 *Sun Magazine*〉에서 클리브 백스터는 이렇게 결론 내린다. "그 신호는 이동하는 것이 아니라 단순히 서로 다른 장소에 나타나는 것이다. 그것이 자기장을 띤다면 빛의 속도로 이동할 것이다. 생물학적 지연이 있다면 신호가 이동하는 데 필요한 초 이하 단위보다 긴 시간이 필요할 것이다. 양자물리학자들은 이 신호가 공간과 시간으로부터 독립적이라는 의견으로 내게 힘을 실어준다."

---

[*] 루퍼트 셸드레이크, 『주인을 기다리는 개들*Ces chiens qui attendent leurs maîtres*』, Le Rocher, 2001년.

요컨대, 식물들이 이용하는 원격 지각과 전파 시스템은 자기장 신호가 아니라 1900년대에 니콜라 테슬라가 발견한 스칼라 파동에 토대를 둔 것이다. 태양에서 나온 뉴트리노(중성 미립자)를 품은 이 비틀린 파장은 지구상의 모든 생명체에 수신되고 다시 전달되면서 모든 계와 종을 잇는 진짜 그물망을 형성한다. 전기 성격을 띤 이 파장은 전자파처럼 정현곡선이 아니라 소용돌이 모양으로 전파된다. 게다가 이 파장은 온갖 에너지장을 가로지르면서 그 에너지를 '양분'으로 취한다.

　　그 결과, 거리가 멀어지면 힘이 약화되는 전자파와는 달리 이 파장은 출발 때보다 도착 지점에서 더 큰 힘을 발산하며, 따라서 스스로 소비하는 것보다 많은 에너지를 산출함으로써 모터가 작동하도록 에너지를 공급할 수 있다. 이것이 니콜라 테슬라가 상상한 그 유명한 '자유 에너지'이다. "공해 없고, 고갈되지 않으며, 잠재적으로 무상이 될 에너지다."[*] 자크 콜랭이 클리브 백스터 작업의 프랑스어 번역본에 서문을 쓰면서 요약했듯이, "그러니까 식물의 원초적 지각은 지엽적이지 않고 즉각적인 상호작용을 보장하는 이 파장에서 나온다." 콜랭은 이렇게 덧붙인다. "스칼라 파장이 있는 그대로 존재하려면 발신하는 원천 만큼이나 수용하는 표적도 필요하다."

———
[*]　디디에 반 코쥘라르트, 『불가능 너머』, Plon, 2016년.

이제 무엇이 원천이고 무엇이 표적인지를 아는 일만 남았다.

～～ ～～ ～～

엔지니어 백스터가 반세기에 가까운 시간 동안 실시한 실험은 이 과학적 현상(측정할 수 있고, 수량화할 수 있고, 재현할 수 있는)의 모든 준거를 제시하며 식물이 인간의 정신적 메시지를 수용할 가능성을 명료하게 밝힌다. 그런데 식물이 인간을 향해 그런 유형의 메시지를 발신할 수도 있을까? 그리고 해당 인간은 그걸 이해할 수 있을까? 어떤 조건에서는 그럴 수 있는 것처럼 보인다.

많은 사람이 이름으로라도 아야와스카*를 알고 있다. 여러 식물을 모아 만든 이 물질은 인간을 몰아지경에 빠뜨려 보이지 않는 세계와, 그리고 식물의 의식과 접촉하게 해주는 것으로 알려져 있다. 신경약물학에서 이루어진 최근의 학술 연구들은 오래전부터 아메리카 인디언들이 사용해온 대단히 정확한 용량의 이유를 밝혀주었다. 처음 흡입한 식물이 효과를 발휘할 때 뇌는 환각제의 개입에 맞서 삼킨 물질의 '정보'와 싸우는 신경전달물질로 자기방어를 한다. 그러면 20분 후에 샤

---

* ayahuasca: 아마존 부족들이 병을 치료하기 위해 수천 년간 사용해온 환각성 약물.

먼들이 두 번째 식물을 삼키게 하는데, 그 식물은 환각 공격으로부터 뇌를 보호하려는 신경전달물질을 차단하는 힘을 지니게 된다. 이때부터 아야와스카는 인간의 의식을 자유로이 점령하고 식물의 지각을 향해 열어줄 수 있다.

그렇다. 하지만 이 과정을 밝혀준 건 뇌생물학과 약리학의 연구였다. 수 세기 전부터 인디언들은 숲의 정령들과 의사소통을 하려면 어떤 식물들을 어떤 순서로 어떻게 먹어야 하는지를 어떻게 알았을까? 닥치는 대로 수천 종을 맛보았을까? 샤먼들은 대답한다. "아닙니다. 해당 식물들이 그런 순서로 섭취하라고 말해준 겁니다."

이런 차원의 소통은 대단히 주관적이며, 때에 따라 받은 정보가 적절할 때만 유효하게 인정되는 것이기에 나는 깊이 각인된 개인적 경험을 자료에 보탤까 한다. 『불가능의 새 사전*Le Nouveau Dictionnaire de l'impossible*』*에서 이 이야기를 한 뒤로 상당한 분량의 우편물을 받고서 나는 이런 종류의 현상이 내가 생각한 것보다 훨씬 자주 발생한다는 사실을 짐작하게 되었다.

---

* 디디에 반 코뷜라르트, Plon, 2015년.

내가 살면서 단 한 번 꾼 예지몽에 관한 이야기다. 내가 이 땅에서 가장 좋아한 장소 중 하나가 배경이고, 나무 한 그루가 매개물이다. 적어도 그것이 우세한 추측이다.

나는 스물네 살이었다. 군 복무를 마치고 막 전역했고, 두 번째 소설의 출간 준비와 어느 연극작품의 편집 일로 우왕좌왕하고 있었다. 꼼짝없이 일에 파묻혀 지내던 어느 날 밤 꿈속에서 나는 파리를 탈출했다. 사부아 지방의 트레세르브에 자리한 나의 여름방학 휴가지로 갔다. 부르제 호수 위쪽, 어린 시절을 보냈던 다락방을 정비한 오래된 집이다. 그 방은 내가 작가로서 가진 첫 집필실이었다. 나는 여덟 살 때부터 여름마다 사람들이 해변에서 살갗을 태우는 동안 그곳에 틀어박혀 종이를 새카맣게 채우곤 했다. 방 창문은 고인이 된 아카데미 회원 다니엘 롭스의 소유지인 로 비브 정원 쪽으로 나 있었다. 나는 그 정원 안에 있는 별채 집필실을 내려다보곤 했다. 내가 이야기를 쌓아 올리는 동안 나를 감싸던 정적을 거대한 호두나무 가지들이 어루만져 주었다. 그 나무는 뿌리로 우리집 담장을 파고들었고, 잎사귀를 내 책상까지 뻗었다. 저녁마다 창문을 닫으려면 나무를 '내보내야' 했다. 나는 그 집필 동무의 가지를 자르는 게 싫어서 나뭇가지를 살며시 밖으로 밀곤 했다.

1984년 그 겨울밤, 그러니까 나는 몽마르트르의 내 스튜디

오에서 악몽을 꾸고 가위눌림으로 진땀을 흘렸는데, 사실 꿈속에서는 아무 일도 일어나지 않았다. 그저 나는 내 방에서 6백 킬로미터 떨어진 빈 다락방에 있었고, 한여름이었는데 이상하리만큼 햇살이 쏟아졌다. 나뭇잎이 드리우던 그늘도 신선함도 없었다. 호두나무는 사라지고 없었다. 바람이 나뭇가지를 흔들 때면 유리창을 긁던 익숙한 마찰음 대신 그 무엇도 연상시키지 않는, 뭔가 흐르는 듯하면서 기계음 같기도 한 소리가 규칙적으로 들렸다. 나는 움푹 꺼진 사부아 지방 특유의 침대 속에서 불안하고 불행했으며 온몸이 마비된 듯했지만, 그저 악몽일 뿐이라고 믿으려 애썼다.

실제로 나는 몽마르트르에서 한밤중에 화들짝 놀라 깼다. 그늘이 사라진 다락방으로 내리꽂히던 태양이 망막에 끈질기게 남아서 연신 눈을 깜빡였다. 특히 낯선 소리가 계속 들려 목이 메었다. 마일스 데이비스, 베르디, 블랙커피, 그리고 샤워로도 그 악몽의 후유증은 사라지지 않았다. 내 작품으로 연습하고 있는 배우들을 만나고서야 겨우 파리의 현실 속에 다시 뿌리를 내릴 수 있었다. 사부아 지방으로 가봐야겠다는 긴급한 욕구는 내 수첩을 빼곡히 채운 약속과 일정 때문에 시간이 흐르면서 희미해졌다.

다섯 달 뒤에야 트레세르브의 다락방으로 다시 가볼 시간이 났다. 달라진 그곳을 보자 그때의 악몽이 후려치듯 떠올랐다. 호두나무는 이미 그 자리에 없었다. 수백 년 된 나무 대신 수영장이 있었다. 내가 꿈속에서 들었던 소리는 물 펌프의 모터 소리였다.

새 이웃들이 바비큐 연기를 피우며 물장구를 치고 있었다. 창가에 서서 입을 헤 벌린 채 화성인이라도 보듯 그들을 응시하는 나를 보고 그들이 인사를 건넸다. 나는 언제 나무를 잘랐는지 물었다. 서로 몇 마디 나누더니 그들은 대답했다. 그들 조카의 생일이어서 그 날짜를 기억하고 있었다. 나는 수첩을 보고 확인했다. 내가 그 꿈을 꾼 건 나무를 베기 전날이었다.

무슨 일이 일어났던 걸까? 통계적으로 우연이라는 가정은 성립되지 않는다. 나는 잠에서 깨면서 악몽의 세세한 부분들을 적어 두었다. 특히 식별할 수 없었던 소리를 정확히 묘사해 두었다. 다니엘 롭스의 옛날 집은 내가 없는 동안 주인이 바뀌었고, 새 주인들은 수영장을 만들 계획을 세운 것이다.

잠자는 동안 내 의식이 트레세르브 마을까지 이동한 거라고 받아들인다면 의식은 공간만 가로지른 것이 아니었다. 시간도 건너뛴 것이다. 3월 16일 밤에 호두나무는 아직 그 자리에 서 있었고, 펌프의 모터도 훨씬 나중에 정적을 오염시키게 될 터였으니까.

지금까지도 눈에 선한 광경을 내가 좋아하는 설명으로 표현할 수 있기까지는 시간이 걸렸다. 나의 수양 나무가 내게 통지를 보냈다는 설명 말이다. 아무래도 조난 신호나 체념의 신호를 보낸 것 같다. 그런데 나무의 '의식'이 펌프가 앞으로 낼 소리를 앞질러 내게 전달할 수 있었던 걸까 아니면 내가 그 일을 한 걸까? 우리를 잇는 끈이 나무 쪽에서 끊어지던 순간에 우리 미래의 무대 뒤로 나를 끌어당긴 건 아니었을까. 우리가 탄생의 무대에 들어서기 전에 장차 내놓게 될 공연의 요소들을 모두 보관해두는 무대 뒤 말이다. (이것이 내가 가진 깊은 믿음이다.) 지상에서의 우리의 삶은 공유의 순간이고, 우리가 써놓고는 관객의 반응을 접하며 끊임없이 고치고 개선하고, 즉흥적으로 다른 걸 지어내면서 배반하거나 잊는 운명이다. 배우는 커튼이 열리기 전에도 존재하고 커튼이 다시 닫히고 나서도 살아남는다. 나는 그것을 평온하고 명백한 이치로 느낀다. 내가 기꺼이 공유하되 예지몽 같은 '증거물'을 통해 합리화할 필요도 입증할 필요도 느끼지 못하는 이치로. 어쩌면 그래서일까 다시는 이런 경험을 하지 못했다.

그렇다면 베어진 호두나무의 꿈은 내게 무엇을 가져다주었을까? 돌이켜 생각해보면 그 꿈이 나를 어린 시절의 온실 속에서 경험한 식물적 감정의 끈과 다시 이어주면서 그 후 식물과 깊은 관계를 맺도록 인도하고 준비시켰다는 생각이 든다. 식물에 귀를 기울이고 식물을 돕는 방식, 그리고 식물에 도움을 청하기도 한 방식으로. 나는 식물이 어떻게 활동하는지 이해하려고 애쓰면서 지각하고 분석하고 행동하는 식물의 능력과 소통 수단을, 전략적인 꾀를, 감수성을 발견하는 방법을 터득했다. 그러기까지 장-마리 펠트부터 저명한 베르사유 궁전 수석정원사 알랭 바라통Alain Baraton*까지 최고의 식물 전문가들, 더없이 주의 깊은 식물의 '대변인'들과 맺은 우정의 도움을 받았다. 내가『어느 나무의 일기Le Journal intime d'un arbre』**에서 소설적 감정이입을 통해 간파해보려고 시도한, 뇌 없는 의식의 신비가 없었더라면, 그리고 식물의 지능 한가운데로 뛰어드는 일이 없었더라면 내 뿌리는 나의 인간적 한계에 머물렀으리라.

≈　≈　≈

내가『불가능의 새 사전』에서 이 호두나무 꿈을 얘기한 뒤로 수많은 우편물을 받았다고 앞에서 말했다. 그 가운데 가장 감동적인 편지는 '마우트하우젠 수용소'***에서 살아남은 퇴

---

* 　알랭 바라통,『나무의 증오는 숙명이 아니다』, Actes Sud, 2013년.
** 　디디에 반 코빌라르트,『어느 나무의 일기』, 다산책방, 2012년.
*** 　오스트리아에 있던 나치 강제수용소. 오스트리아가 나치 독일에 합병된 직후인 1938년에 설치되었다. 1945년 미군에 의해 해방될 때까지 약 33만 명이 수감되었으며, 그중 12만 명 이상이 죽었다.

직 경찰관이 보내온 것이었다. 마우트하우젠 나치 강제수용소는 가스실마저 아끼기 위해 수감자들에게 고된 노동을 시켜 죽이는 것으로 유명했다. "저를 살린 건 한 송이 제비꽃이었습니다"라고 그는 편지에 썼다. 이 부르고뉴 출신의 90세 노인은 터키 문자처럼 삐뚤삐뚤 떨리는 글씨로 이렇게 밝혔다. "그렇지만 선생님과 호두나무처럼 저는 그 꽃의 부름에 대답하지 못했습니다. 꽃을 구하지 못했어요. 아니 어쩌면 꽃은 그저 내게 작별인사를 하고 싶었던 건지도 모르겠습니다. 누군가 자기를 기억하도록 작은 신호를 보낸 건지도요."

그가 내게 들려준 감동적인 이야기는 이러하다. 1930년에 이본 지역에 배속된 젊은 경찰관인 그는 초현실적인 악몽을 꾸고 깨어난다. 작은 제비꽃 하나가 돌더미 한가운데에서 잎사귀와 꽃잎을 흔들며 구해달라고 그를 부르더니 이내 바위더미와 함께 폭발해버린다. 그는 그 꿈을 거의 매일 밤 꾸는데, 풍경이 점점 더 선명해진다. 그래서 어느 날 아침, 알 것 같은 그 장소를 찾는다. 크리라는 마을 부근의 채석장이다.

그곳, 돌더미 틈에서 그는 꿈속에서 본 꽃과 닮은 제비꽃을 여럿 발견한다. 어쩌면 어린 시절의 소풍 때 그 꽃들을 눈여겨보고 기억했다가 잊었는데, 그의 무의식이 다시 떠올려 반복되는 꿈으로 만들어낸 것인지 모른다. 그런데 대체 무슨 의미로, 무슨 목적에서일까?

경찰관은 꽃의 상징에 몰두해본 적이 없었기에 정보를 수집해본다. 그리하여 크리 채석장의 확장 계획이 곧 시작된다는 사실을 알게 된다. 악몽이 계속되었기에 그는 어느 범죄를 수사하던 중에 만난 적 있는, 식물의 독 전문가인 디종의 어느 교수에게 문의한다. 그 식물학자는 즉각 경찰서로 달려와 연락해준 그에게 고마워하며 꽃을 구하러 나선다. 크리의 제비꽃은 멸종위기에 놓인 종으로 그 지역의 석회질 돌더미에서만 겨우 살 수 있어서 토양이 조금만 달라져도 위험했는데, 특히 채석장의 확장에 필연적인 바위 폭발은 더더욱 위험했다.

경찰관과 식물학자는 한 달 동안 그들의 상부와 공권력과 채석장 주인과 싸운다. 소용없었다. 그들은 분쟁을 일으키는 두 사람의 열정을 가라앉히려고 철석같은 약속을 해주었지만 결국 청년의 꿈은 예지몽이었음이 밝혀지고 만다. 크리의 마지막 남은 기념비적 제비꽃 군집은 폭발로 몰살된다. 식물학자와 경찰관을 무력한 분노와 슬픔에 빠뜨린 채.

나의 독자는 이렇게 썼다.

"그런데 이 나쁜 기억이 13년 뒤에 제 목숨을 살렸습니다. 이 기억이 마우트하우젠에서 버티게 해주었어요. 감히 말하자면 나는 한 송이 꽃을 떠올리며 공포에 버틸 힘을, 인간의 야만 행위에 맞설 힘을 냈지요. 죽을 처지에 놓여 내게 도움을 청해온 작은 꽃 한 송이 덕에 말입니다.”

고백하건대 처음에 나는 이 이야기의 진실성을 의심했다. ‘식물의 부름’이 내가 3년 전에 『이중 정체성』에서 지어낸 상황과 너무도 흡사했기 때문이었다. 그러나 장-마리 펠트는 크리의 제비꽃 이야기와 그 종種이 다이너마이트 폭발로 프랑스의 식물군에서 사라진 것이 사실이며, 그 꽃을 구하려고 시도한 경찰관이 누구였는지를 확인해주었다.

그렇다면 나의 호두나무 경우와 마찬가지로 이 제비꽃의 경우에도 미래의 정보를 누가 받느냐를 아는 것이 관건이다. 식물이 우리에게 정보를 전하는 걸까, 아니면 우리의 무의식이 꿈이라는 틀에 담아 그걸 무대에 올리는 걸까?

식물들과 얘기를 나누는 농부 호세 카르멘에게도 동일한 의문이 제기되었다. 그는 다양한 나무들이 비를 부를 수 있도록 다각형 모양으로 ‘함께’ 심어지길 바란다는 얘기를 자는 동안 나무 정령들로부터 듣고는 연구계약을 체결해둔 멕시코 차핑고대학의 협조를 받아 그 꿈을 실행에 옮겼다. 그렇게 선정된 여러 장소 가운데 하나는 오악사카 지역이고, 또 다른 곳은 6년 동안 비 한 방울 떨어지지 않은 비스카야 지역이었는데, 공식 보고서에 따르면 농부가 꿈속에서 받은 시각적 지시대로 식목이 끝나자마자 비가 억수같이 쏟아지기 시작했다고 한다.

신문기자 이보 페레즈 바레토가 우리에게 알려준 바에 따르면, 불행히도 그 대학 총장이 퇴직하면서 성마른 합리주의자가 그 자리에 왔고, 신임 총장이 내린 첫 번째 결정은 호세에게 도움을 청한 '비 나무들'을 자르라는 것이었다. 식물의 표현 능력을 믿길 거부하는 사람들은 식물들을 검열에 부침으로써 결국 그 능력을 최초로 증명해 보이는 사람이 된다.

✍   ✍   ✍

그러는 와중에 몇 년 전부터 과학이 식물의 지능과 소통 수단을 고려하는 방식에 놀라운 변화가 일어났다. 2017년 12월에 발간된 〈과학과 생명 *Science et Vie*〉의 특별호가 그걸 증언한다. 그 특별호의 표지엔 식물 사진이 실렸고, 이런 제목이 붙었다. "식물은 생각한다!" 열여섯 페이지에 달하는 논문에서 젊은 세대의 식물·생물학자들이 식물의 놀라운 능력들을 확인해주었다. 이 모든 새로운 발견들이 이미 30년 전에 장-마리 펠트나 클리브 백스터 같은 연구자들에 의해 실행되고 발표되었다는 사실을 밝히지 않은 건 아쉬운 점이다.

다만 오늘날 유물론자들은 식물 신경생물학자들의 감탄스러운 방법론 앞에서, 그리고 더는 속일 수 없는 용의주도한 대중의 열정 앞에서 조소 섞인 검열의 힘을 잃었다. 그래서 〈과학과 생명〉은 식물의 인지능력에 대해 주저 없이 말할 수 있게 되었다. 식물이 보여주는 증거, 즉 능력과 나아가 감정까지 유효한 것으로 인정할 수 있었다. 논문의 저자 장-바티스트 베리에라는 그 능력을 이렇게 열거한다. "기억, 통찰력, 자기 수용성 감각(다시 말해 자의식, 형태와 무게의 '치밀하게 계산된' 관계), 소통, 사회성, 상부상조, 예견."

식물의 지능에 대한 정의 자체도 프랑시스 알레Francis Hallé * 에 의해 점진적으로 재검토되었다. 2008년 10월 17일자 〈텔레라마Télérama〉에서 이 식물학자는 이렇게 선언했다. "식물계의 지능을 말할 수는 없다. 식물은 적응하고, 의사를 전하고, 자기방어를 하지만 그건 어디까지나 기계적인 현상일 뿐이다. '지능'을 갖춘 존재라면 망설이고 틀릴 수 있어야 한다. 식물은 그렇지 않다."

흥미로운 견해다. 실수가 지능을 재는 척도가 된다니…. 동일한 식물학자가 오늘날엔 이렇게 털어놓는다. "이 문제에 대한 내 생각은 달라졌다. 당시 나는 내가 받은 교육대로 사전의 엄밀한 정의에 머물렀다. 하지만 그 정의에서 인간은 자신이 관계된 문제를 스스로 규정했다. 그래서 나는 찰스 다윈이 이미 생각한, 훨씬 폭넓은 정의를 되살렸다. 지능적이라는 건

———
* 프랑스의 식물학자이자 열대림 보호론자.

무엇보다 지능적으로 행동한다는 의미다."

　그리고 그는 15년 전에 연구원 질베르 모리Gilbert Maury가 내게 보여준 적 있는 꽃시계덩굴의 놀라운 쾌거 중 하나를 예시로 제시한다. 꽃시계덩굴 옆에 대나무를 하나 심고 기다리면 덩굴은 대나무를 향해 올가미를 던지듯이 첫 번째 덩굴손을 내민다. 그럴 때 대나무를 오른쪽으로 20센티미터 옮긴다. 그러면 덩굴은 새 방향으로 덩굴손을 다시 던진다. "그러나 이 작업을 대여섯 번 계속하면 이 덩굴식물은 대나무의 오른쪽으로 앞질러 방향을 틀어 다음 던지기를 한다. 속임수에 몇 번 골탕먹은 꽃시계덩굴이 더는 속지 않는 법을 터득한 것이다."

　1990년에 이미 877호에서 〈과학과 생명〉은 덩굴식물에 "체조상에 곁들여 지능상까지" 수여한 바 있다. 피에르 로시옹Pierre Rossion은 그 시절에 이렇게 썼다. "항해 수업을 받고 밧줄 매듭에 관한 시험을 치러본 사람이라면 꽃시계덩굴 같은 덩굴식물이 지지대에 자신을 고정하기 위해 소매듭, 의자매듭, 단순매듭 등 다양한 매듭들을 사용한다는 사실을 알면 깜짝 놀랄 것이다."

　28년 뒤, 〈과학과 생명〉에는 식물의 즉각적 기억, 예견 능력, 사태를 파악하고 보이는 반응이 제시되었다. 망설임의 능력은 결정을 내리기 직전의 성찰 시간으로 예시된다. 여기서는 씨앗 차원에서 입증이 실행된다. MRI 영상 덕에 우리는 한겨울에 일시적 온난현상이 느껴질 때, 씨앗이 싹을 틔울지 말지 결정하기 전에 '할까 말까'를 어떻게 재는지 확인할 수 있다. 세포에 기록되는 기온상승이 상당히 긴 기간 동안 확인되면 씨앗은 땅에서 나올 것이다. 그러나 기온 변화의 폭과 길이가 불충분하다고 판단되면 씨앗은 싹을 틔우지 않기로 결정할 것이다. 구체적으로 씨앗은 경우에 따라 상반되는 두 호르몬의 활동을 개시하거나 억제할 것이다. 발아를 촉진하는 지베레린, 휴면을 유지하는 아브시스산이 바로 그 호르몬이다.

이런 수준의 식물의 지능을 많은 요소가 입증하자 프랑시스 알레는 이렇게 결론짓는다. "식물의 행동을 우리의 척도로 끌어와 이해하려고 애쓰는 건 소용없는 일이다. 사실을 말하자면, 식물을 우리보다 먼저 이 행성에 살게 된 진짜 외계생명체로 간주하는 편이 훨씬 타당할 것이다."

달리 말해, 우리가 상상했던 작은 녹색 외계인들은 결국 그저 식물성 피조물일 거라는 얘기다. 프랑시스 알레의 유머가 내게는 우리와 식물의 관계에 일어나고 있는 혁명을 예시해주는 최고의 신호로 보인다. 이제 우리는 식물의 지능을 받아들이고, 더는 그걸 두려워하지 않고, 심지어 장난까지 친다.

이를테면 웨스턴오스트레일리아대학의 식물인지 전문가 모니카 갈리아노Monica Gagliano는 '파블로프의 완두콩' 실험을 실행했다. 20세기 초에 종소리에 맞춰 개에게 먹이를 주고 먹이가 없이 종소리만 울려도 개가 침을 흘리는 걸 관찰한 러시아 연구원의 실험기록(생리학자 이반 파블로프 박사의 조건반사 실험)을 모방해 갈리아노는 완두콩의 '연상 학습' 능력을 입증해 보였다.

실험은 이렇게 진행된다. 오른쪽의 선풍기가 작동할 때마다 한 시간 뒤 같은 쪽에서 불빛을 비춘다. 그래서 완두콩은 그 방향으로 자라길 결심한다. 네 번째 날부터는 선풍기만 남겨 둔 채 빛은 없앤다. 그 결과 "완두콩은 '파블로프식' 훈련의 증거로, 빛을 예견하고 여전히 성장 호르몬을 산출한다."

이 유쾌한 실험은, 우리가 동조하지 않더라도 식물의 지능이 우리의 지능을 자극한다는 사실을 입증해 보인다. 그런데 가만히 보면 식물이 우리를 가지고 노는 것 아닐까?

어쨌든, 이제 우리는 식물생물학에서 중시되는 쉬는 시간 운동장의 분위기를 유지한 채 더 당황스럽고 감동적이며 계시적인 식물의 지각에 관심을 기울여보려 한다.

공감부터 연민까지

식물은 무엇에 반응하는가

모든 건 배고픔에서 시작되었다.

실험실에서 밤늦도록 일하다가 허기를 느낀 클리브 백스터는

냉장고에서 딸기 요구르트를 하나 꺼내

잼이 표면에 올라오도록 휘젓기 시작했다.

모니터와 연결된 근처 식물이 즉각 전기 반응을 보였다.

클리브 백스터에게로

돌아가 보자.

이 지칠 줄 모르는 연구원은

생각으로 식물에 불을 붙인다거나 식물과의 텔레파시 관계
를 개발하는 정도로 그치지 않았다. 그는 식물이 갑각류의 임
종처럼 직접 관계없는 어떤 사건들에 드러내는 반응도 측정
했다. 원초적 지각은 공감의 형태로 표출될까? 보아하니 그
렇다. 생새우를 끓는 물속에 임의로 집어넣도록 자동화된 시
스템을 작동시킨 뒤 백스터와 그의 연구팀은 매번 실험실 반
대편 끝에 자리한 식물들의 의미심장한 반응을 기록할 수 있
었다.

　그런데 식물들은 무엇에 반응했을까? 생물의 고통에, 익히
는 현상에, 끓는 물에 던져진 갑각류의 가련한 영혼의 해방

에? 결국 수세장치 덕에 그 텔레파시 반응이 박테리아 수준에서 일어난다는 사실을 밝힐 수 있었다.

일주일에 여러 차례 백스터는 뉴욕 타임스퀘어에 위치한 그의 실험실에서 과학자, 기자, 또는 농산물가공업자들을 맞이했다. 그리고 그들에게 식물이 무엇이건 지각해서 주변의 감정 상태에, 머릿속 이미지에, 생새우 삶기에, 그리고 이웃 화장실 수세장치의 작동에 반응한다는 사실을 뇌전도 그래프로 보여주었다.

이웃 화장실 수세장치에 반응하는 현상은 완벽하게 재현 가능했지만 분석하기가 어려웠다. 누군가 위층의 화장실을 이용하기만 하면 식물에 연결된 뇌전도 장치의 그래프가 미친 듯이 종이 끝까지 치솟았다. 백스터는 이렇게 썼다. "처음엔 누군가 생리적인 욕구를 해결하는 일이 식물에 그런 정서적 반응을 일으킬 리 없다고 생각했다. 다른 설명이 있으리라고 여겼다." 그러다 마침내 그는 설명을 찾아냈다.

18층 건물은 층마다 화장실을 갖추고 있었는데, 홀수 층에는 여성용 화장실이, 짝수 층에는 남성용 화장실이 있었다. 4층에서 일하던 백스터는 재빨리 조사를 해보았다. 건물관리인이 위생과 효율을 생각해서 매일 강력한 액체 소독제를 사용했으며, 그 때문에 남자들이 소변을 볼 때마다 소변기에 배설되는 살아 있는 세포들이 물을 내리는 순간 전멸된다는 사실을 알게 되었다. 뇌전도 그래프를 보자면 인간 세포의 죽음은 모니터링되고 있는 식물들에 상당한 스트레스를 안겼다.

　백스터는 언제나처럼 강박적으로 가능한 모든 경우를 탐색했다. 일단 그냥 소변기 물을 내려보았다. 식물은 아무 반응을 보이지 않았다. 이번에는 소변기에 개미와 곰팡이를 빠뜨려 보았다. 뇌전도는 인간의 배뇨 때보다 훨씬 낮은 정점을 기록했다. 게다가 실험이 반복되자 식물의 반응도 감소했다. 마치 일정한 습관이, 다시 말해 그들 기억의 효과가 현상을 진부하게 만드는 듯했다. 반면, 호모 사피엔스에서 나온 세포의 말살은 화장실 사용이 아무리 빈번해도 동일한 강도의 '동요'를 야기했다. 마치 인간 생명의 형체를 띤 것의 갑작스러운 죽음을 식물 유기체가 받아들이지 못하는 듯 보였다.

　백스터는 그로부터 어떤 결론을 끌어냈을까? 아무 결론도 내리지 않았다. 이 연구원의 문제이자 강점은 바로 이론의 부재였다. 넘쳐나는 실제 결과들을 이론적 모델로 제시하길 꺼린 건 그의 겸손과 생존본능 때문이었다. 그는 1997년 과학 기자 데릭 젠슨의 열띤 질문들에 이렇게 대답했다. "나는 뭘 안다고 주장하지 않습니다. 사실 내 영역에서 40년 동안 전장 밖으로 내쫓기지 않고 여전히 활동하고 있는 건, 바로 한 번도 안다고 주장하지 않았기 때문이라고 생각합니다. 달리 말해, 내가 어떤 해석을 제시하고, 내놓을 수 있는 적절한 관찰의 수와 자료의 합이 아무리 많더라도 그것이 잘못된 해석이라고 밝혀지면, 관례적인 과학자 공동체는 그 잘못된 해석을 내세워 나의 모든 작업을 거부할 것입니다. 그래서 나는 늘 어떻게 이런 일이 벌어지는지는 알지 못한다고 말해왔습니다. 나는 실험자이지 이론가가 아닙니다.”

그가 2013년 6월 24일 마흔아홉 살에 모두의 무관심 속에 죽은 것도 그런 이유에서였다. 그러나 앨라배마 버밍엄대학의 연구 책임자인 마이라 크라우포드 박사처럼 그의 발견을 지켜본 여러 연구원이 이론을 맡았다. 그리고 결론의 출판까지도.

뉴욕 타임스퀘어 실험실 화장실의 경우, 배뇨가 있을 때마다 현장에서 포착된, 인간의 소변과 녹색 식물의 수액 사이의 '감정적 상호작용'은 오직 박테리아 차원의 작용이었다. 식물계와 동물계와 인간계가 공통으로 가진 박테리아는 우리의 90%를 구성한다.

백스터의 또 다른 실험은, 우리가 언제나 결과에 영향을 미친다고 지적하는 인간이라는 요인과 무관하게, 이 원격 지각의 원인이 박테리아라는 걸 제대로 입증한다. 처음부터 의도한 것은 아니었지만, 늘 그렇듯이 그가 대규모로 확대해서 재생한 실험은 '딸기 요구르트' 실험이다.

모든 건 배고픔에서 시작되었다. 실험실에서 밤늦도록 일하다가 허기를 느낀 클리브 백스터는 냉장고에서 딸기 요구르트를 하나 꺼내 잼이 표면에 올라오도록 휘젓기 시작했다. 모니터와 연결된 근처 식물이 즉각 전기 반응을 보였다.

놀란 백스터는 다른 요구르트 병을 꺼내 다시 실험했고, 동일한 결과를 얻었다. 식물은 뭘 지각한 걸까? 함께 있는 인간이 배를 채울 생각에 느끼는 기쁨을 지각했을까? 그보다는 요구르트에 함유된 살아 있는 박테리아 두 종, 스트렙토코커스 써모필러스Streptococcus thermophylus와 락토바실러스 불가리쿠스Lactobacilus bulgaricus가 그들의 본래 환경과 잼의 당분이 섞이던 순간에 발산한 신호를 식물이 포착했을 가능성이 높다. 측정기는 그것이 불안감의 기호인지 혹은 만족감의 기호인지는 말해주지 않는다. 의미 있는 신호였지만, 화장실 물을 내리는 실험에서 인간의 박테리아들이 죽을 때 포착되던 신호보다는 훨씬 낮았다.

그러자 연구원은 실험을 더 진전시켜 보기로 결심했다. 우리의 세포가 식물의 중재 없이, 방광을 통해 배출될 때까지 기다리지 않고, '말을 하도록' 해보려는 것이었다. 그의 선택은 백혈구로 정해졌다. 실험목적은 채취되어 시험관 속에서 배양되는 백혈구들이 제공자의 혈관 속에 남아 있는 동료들과 상호작용하는지를 확인하려는 것이었다. 잠재된 의문은 이것이었다. 일종의 '세포의 의식'을 밝혀낼 수 있을까?

첫 실험대상으로 나선 백스터는 자기 손등에 상처를 내고 거기에 요오드팅크를 붓기로 마음먹었다. 그리고 랜싯(세모날, 의료용 메스)을 들고 자신이 하려는 행동을 보여주었다. 시험관 속의 그의 백혈구들이 즉각 반응을 보였다. '의도를 발산하는' 단계마다 그래프가 연이어 정점을 그렸다. 그가 예전에 나뭇잎을 태울 생각을 발산했을 때 녹색식물이 보인 반응과 같았다. 반면에 5분 뒤 자기 피부를 절개하며 실행에 옮기자 그새 잠잠해졌던 그래프는 그대로 머물렀다. 시험관 속 세포들은 더는 '연대의' 경보신호를 보낼 필요가 없었던 것이다. 그 세포들을 제공한 사람의 몸이 예고된 상처에 대비해 필요한 안전조치들을 이미 취해둔 것이다. 백스터는 결론지었다. "내가 이 사건을 계획하는 동안, 짐작하건대 내 손등의 세포들은 보호차원의 무감각을 확보하도록 충분히 준비해둔 모양이었다."

　　이 결과는 다양한 실험대상을 상대로 수백 번 재현되었다. 그러고나서 백스터는 실험을 더 확대했다. 이를테면 전극들을 활용해 한결같은 정확성을 갖추고, 백혈구 제공자가 실험실 밖에서 바라보는 영화가 불러일으키는 공포와 분노, 혹은 기쁨에 시험관 속 백혈구들이 어떻게 즉각 반응하는지 측정하는 것이었다. 동일한 신체에 속했던 세포들 사이의 즉각적인 공명 관계는 해당 인물과 채취된 피가 100킬로미터 이상 떨어져 있어도 언제나 탐지되었다.

이렇듯 인간 세포들 간의 원격 접속은 결국 식물 텔레파시의 발견 덕에 입증되었다. 따라서 클리브 백스터는 자신의 발견 전체를 그의 '말하는' 식물들 가운데 첫 식물인, 불태워질 자기 잎사귀의 머릿속 이미지에 반응을 보인 드라카이아(망치난초)에게 헌정했다.

그 식물은 그보다 오래 살아남았다. 그러나 그 식물의 오랜 친구가 세상을 떠난 2013년 6월 24일, 누구도 그 식물에 전극을 달아 반응을 측정해볼 생각을 하지 못했다.

연대의 이점

식물의 감정 표출

녹색 참나무는 잡목숲의 대표적인 소관목에서

탄소 양분을 채취해 참나무에게 제공해주는

몇몇 버섯의 균사들 덕에

잡목숲을 뒤덮을 만큼 번식할 수 있었다.

우리는 3장에서

두려움이,

더 정확히 말해

두려움이 초래하는 방어기제의 작동이 식물에 이로운 결과를 가져다주는 걸 보았다. 특히 성장이 명백히 촉진된다는 것을 확인했다. 그런데 일종의 공감이 작동하는 듯 보일 때 백스터는 상반된 반응을 확인했다. 그가 달걀을 깨기로 마음먹는 순간, 모니터링되고 있던 아프리카 제비꽃 한 송이는 즉각 스크린에 독특한 그래프를 그렸다. 식물의 감정 표출은 (인간이 발산한 죽음의 의도 때문이든, 혹은 깨려는 걸 감지한 달걀에서 나온 경계의 신호 때문이든) 주목할 만한 결과를 낳았다. 제비꽃은 그 후 2년 동안 꽃을 피우지 않았다.

그것을 애도 과정이라고는 말하지 않더라도 백스터의 해설자들은 여러 차례 관찰된 이 현상에서 일종의 무력감으로 볼 만한 정신적 외상의 결과를 보았다. 스스로 행동할 처지가 되지 못할 때, 혹은 적어도 내적 반응이 스트레스의 외적 요인에 어떤 영향도 미치지 못할 때 식물은 자신을 교란하는 지각들에 더없이 강력한 전기적 응답을 보낸다. 한편, 측정 기계에 가장 강렬하게 기록되는 건 언제나 첫 번째 지각이다. 마치 최초의 정보가 앞으로 이어질 온갖 형태의 전개에 직면해 전체 동원령이라도 내리는 것처럼. 백스터는 명확히 짚어 말했다. "내가 달걀을 깨뜨리려고 결심했을 때 초래한 반응에 비해, 막상 깨뜨리는 순간에는 어떤 반응도 더 기록되지 않았다." 이후 실험들에서 그가 깨뜨리기를 포기했을 때도 마찬가지였다. 계획적 살인의 증인이 된 식물에게는 살해 행위 그 자체보다 살해 의사가 더 외상을 유발한다고 결론 내려야 할까?

⟳   ⟳   ⟳

공감에서 연민으로 발전하는 감정의 논리 속에서 이어지는 단계는 능동적인 연대의 단계다. 이미 보았듯이 식물들은 결정을 내리고 자기 이득에 따라 행동할 줄 안다. 그러나 그 이득이 때로는 제3자의 이득을 채워주기도 한다. 그리고 반드시 같은 종 안에서만 그런 것도 아니다. 식물과 동물이 맺는 관계의 열쇠는 먹이사슬이라는 범주 바깥에 자리하는 것 같다. 다시 말해 협력의 원칙이 작동하는 것으로 보인다. 선하고 신의 있는 도움의 교류가 이루어진다.

아카시아를 예로 들어보자. 멕시코가 원산지인 변종 코르니게라 아카시아는 개미들에게 굴과 지붕을 제공하는 특성을 보인다. 이 식물 집주인은 개미들에게 속이 빈 가시 하나하나마다 칸막이로 나뉜 두 칸짜리 집을 내준다. 부모방과 아기방이다. 그리고 잎사귀 끝에서는 새끼 개미들을 먹이기에 이상적인 단백질이 풍부한 물질이 분비된다. 그 대가로 개미들은 아카시아를 관리해주고, 송충이·나비·무당벌레 등의 공격에 맹렬히 맞서 나무를 지켜준다.

개미는 자기들을 재워주고 먹여주는 식물에게 먹이를 구해주려고 사냥을 나가기도 한다. 특히 열대림에서 빛을 찾느라 꼭대기까지 자라서 땅과 너무 멀어진 식물은 혼자서 양분을 마련하는 데 어려움을 겪는다. 그러면 나무에 사는 개미들이 집주인의 줄기 속 빈 공간 속에 곤충의 유충들을 놓아둔다. 식물학자들은 그 애벌레들이 방사성을 띠게 해서 식물조직에 흡수되는 과정을 좇을 수 있었다. 집으로 배달된 그 양식의 대가로 식물은 개미 유충을 좋아하는 새들을 멀리 쫓기 위해 혐오스러운 냄새를 풍긴다. 그렇게 주고받기가 이루어져 서로가 흡족해한다.

그러나 훨씬 더 놀라운 전례가 하나 있다. 식물이 자기 포식자를 위해 연대활동을 펼치는 경우다. 식물은 반격 과정에서 길어낸 에너지를 자기에게 이롭게 씀으로써 포식자의 유해성을 제어할 줄 알았다. 바로 꽃시계덩굴과 헬리코니우스 나비의 매혹적인 이야기다.

제각기 다른 5백여 종 사이에서 이 단짝이 부리는 묘기는 수천만 년 전부터 동일한 방식으로 행해지고 있다. 먼저, 나비가 이 덩굴식물의 어린 잎사귀에 알을 낳는다. 애벌레들이 태어나면 먹을 만한 먹이를 발견하도록. 그러니 만약 꽃시계덩굴이 가만히 있으면 새싹을 모조리 잃게 될 테고, 꽃을 피우기 위해 근처 버팀목을 공략하러 덩굴손도 내뻗지 못할 지경이 될 것이다. 그래서 식물은 나비를 속이기 위해 어린 잎들을 제 버팀목으로 쓰이는 몇몇 식물의 잎 모양으로 만들어 위장한다. 식물은 한결같은 기준에 따라 모방할 잎의 모양을 고른다. 헬리코니우스 애벌레가 소화하지 못한다는 걸 식물이 잘 알고 있는 잎이다.

버팀목 꼭대기에 올라 이상적인 빛의 수준에 일단 도달하면 꽃시계덩굴은 진짜 잎들을 만든다. 그 잎들은 개미가 미치도록 좋아하는 물질을 분비한다. 개미들은 무시무시한 공격성을 드러내며 나비가 자기들의 음식 접시에 알을 낳지 못하도록 막는다.

다만…, 수 세기가 흐르면서 헬리코니우스가 식물의 술책을 꿰뚫어보고 방해하게 되었다는 것이 문제다. 장-마리 펠트는 『최고 약자의 이성 *La Raison du plus faible*』에서 설명한다. 헬리코니우스의 발 중 한 쌍은 꽃시계덩굴의 잎에 화학적으로 민감하게 변해서 이제는 꽃시계덩굴이 위장을 해도 알아보는 능력을 갖추게 되었다. 식물은 이 은밀한 패배에 어떻게 반응할까? 자기 잎에 이 나비의 알을 완벽하게 모방한 동그랗고 노란 알들을 준비한다. 따라서 그 잎에 찾아온 헬리코니우스 나비는 동족 중 누군가가 이미 그곳을 차지한 줄 알고, 인구과잉으로 자기 후손에게 충분한 먹이가 없어지는 사태를 피하려고 다른 곳에 가서 알을 낳는다. 다른 곳이란, 전체 성장이 더 이상 위협받지 않게 되면 어린 잎 일부를 희생할 각오를 하고 꽃시계덩굴이 남겨놓은 '빈' 잎들 중 하나다.

～ ～ ～

　식물학자들에게 진짜 신비는 바로 거기에 있다. 이번에 식물은 공격자가 어쩌지 못할 보호 수법을 동원하면서 왜 그걸 전체적으로 쓰지 않고 적에게 일정한 할당량의 잎을 남겨주었을까? 왜 알을 낳을 영역을 양보할까? 상황을 극단적으로 몰아붙여서 잎마다 알이 있는데 부화하지 않는다면 나비의 의심을 사게 될까봐? 아니면 일부 잎을 제거해야 다른 잎들이 건강해지기 때문에 애벌레가 필요했던 걸까? 그게 아니라면 이 포식자와의 관계를 길게 이어가길 바라는 걸까? 포식자의 유해성을 통제할 수만 있다면…, 이 나비가 식물에게 무엇을 가져다주는지 정확히 알아야 할 것이다. 어쨌든 수분受粉은 아니다. 모방하는 지능의 발달일까? 식물은 주변에서 얻어낼 만한 이득을 끌어내기 위해 온갖 재간을 쓸 줄 알기에 위험이 식물을 자극하며, 곤충과의 이 대결이 식물의 발달에 꼭 필요한 요소라고 결론을 내리는 것도 엉뚱한 생각은 아니다. 대결의 효용을 인정하는 것이 외관상 이타적으로 보이는 꽃시계덩굴의 행동에 대한 설명이 될지도 모르겠다.

한 가지 부차적인 사실이 이 가설을 뒷받침해준다. 꽃시계덩굴은 모든 공격자에게 독소를 띠었다. 다만 헬리코니우스 나비는 그 잎사귀를 먹고도 무사했는데, 그러면서 헬리코니우스도 애벌레 상태건 나비 상태건 자기 포식자들에게 독을 품게 되었다. 새들은 그걸 알고 이 나비를 먹지 않는다. 꽃시계덩굴은 이런 식으로 자기 적을 포식자로부터 보호한다.

그러나 연대는 상호적일 때 완전해진다. 가장 멋진 본보기 중 하나는 상호적 도움이 선천적으로 결정되지 않은 두 나무가 보여준다. 침엽수(더글러스소나무) 한 그루와 활엽수(자작나무) 한 그루의 이야기다. 침엽수끼리 버섯을 매개로 양분을 교환하는 일은 잦다. 그러나 다른 종 사이에 쌍방향의 영양공급이 이루어지는 건 훨씬 드문 일이다. 밴쿠버대학의 수잔 시마드는 나무마다 명백히 다른 탄소 동위원소를 표시함으로써 이 현상을 밝혔다. 더글러스소나무는 탄소-14, 자작나무는 탄소-13. 그러자 어떤 나무가 다른 나무를 위해 만들어내는 다양한 당류의 이동을 좇는 일도, 나무가 전달 벨트로 사용하는 버섯 균사를 끊어놓는 참호를 팜으로써 이동을 끊는 일도 쉬워졌다.

오랜 연구의 결과는 1997년에 발표되었다. 자작나무에 제공된 양분보다 더글러스소나무*가 받은 양분이 훨씬 많았다. 그러나 밴쿠버대학의 다른 연구자 리앤 필립은 이 교류의 불평등이 여름에만 참이라는 걸 입증했다. 봄과 가을에는 자작나무가 나뭇잎을 떨구어 침엽을 그대로 유지한 더글러스소나무의 광합성을 확보해주게 되고, 취약한 상태에 놓인 자작나무에게 일방적으로 양분을 제공함으로써 입장이 뒤바뀐다. 자작나무는 붉은 거미나 다른 포식자들이 여름에 소나무의 침엽을 공격할 때 돕는다. 그러니까 각자 필요할 때 받는 것이다.

드디어 버섯에 대해 말할 때다. 우리 초목의 통신원인 버섯

---

* 북아메리카가 원산지이며, 식물학자 데이비드 더글러스를 기린 것.

은 이 나무에서 저 나무로 양분과 정보를 전하며 자기 번식에 필요한 중개료를 선취하는데, 그 활동은 단지 숲속 인터넷과 양분 회로라는 이중 역할에 그치지 않는다. 버섯은 '주도적 행동'도 하는 것으로 보인다. 적어도 제 행동반경 안에서 포착되는 간청과 비탄의 신호에 응답할지 말지를 선택하는 것 같다. 장-마리 펠트의 말에 따르면 큰 나무의 그늘 밑에서 영양공급에 필요한 빛의 양을 최소화하고 살아가는 몇몇 초록 난들은 버섯이 만드는 우회로 덕에 탄소 양분의 80% 정도를 얻는다. 버섯은 햇빛을 가리는 나무의 뿌리 속으로 균사를 보내어 나무의 잔가지들이 가로막는 양분을 퍼 올리고, 쇠약해진 식물들에게 땅 밑의 길로 양분을 나눠준다.

'정의의 사도'처럼 보이는 이 버섯의 역할은 때로 생태계 전체의 균형을 회복할 만큼 놀라운 규모로 발휘된다. 이를테면, 코르시카에서 프랑크 리샤르와 그의 몽플리에 CNRS 연구팀이 보여주었듯이, 녹색 참나무는 잡목숲의 대표적인 소관목에서 탄소 양분을 채취해 참나무에게 제공해주는 몇몇 버섯의 균사들 덕에 잡목숲을 뒤덮을 만큼 번식할 수 있었다. 화재로 인해 숲이 헐벗은 상태여서 더욱 눈에 도드라지는 결과였다.

그렇다면 이런 의문이 제기된다. 버섯이 자율로 망을 짜는 걸까? 아니면 식물들이 제 필요에 따라 버섯 균사들의 경로에 영향을 미치는 걸까? 대다수 전문가들은 전자가 사실이라 해도 후자가 배제되지 않는다고 본다. 모든 건 공급과 요구, 그리고 긴급성에 달린 듯 보인다. 모든 건 전체에게 득이 되면서 각자가 만족하도록 작동된다. 이는 우리 인간 사회가 욕구와 쾌락과 에고를 조절하지 못해서 한 번도 성공해내지 못한 일이다. 인간에게 생존본능은 대개 개인적 충동일 뿐이다. 식물계는 '타자에 대한' 생존본능을 발휘했다. 각각의 영속을 보장하기 위해.

식물의 언어

난 네가 필요해!

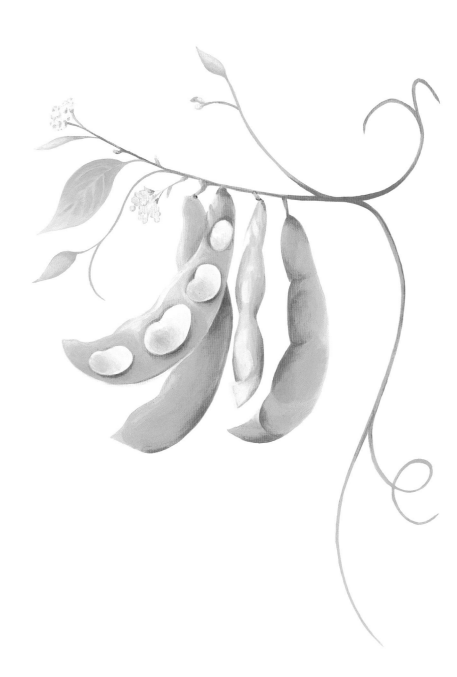

식물도 곤충에게 말할 줄 안다.

잠재적 동료를 유인하고, 공격자에게 개별 메시지를 보내거나

공격자의 포식자에게 직접 말을 걸어 공격자를 없애 달라고 한다.

'말한다'는 건 들을 줄 안다는 걸 함축한다.

모든 교류는

적응능력에

달려 있다.

식물은 자기표현을 하기 위해 상대에 따라, 그리고 전하려는 내용에 따라 다양한 차원의 언어를 활용한다. 직접 선택한 수분 매개자들의 주의를 끌기 위해 냄새로, 색깔로, 소리로 말한다. 이를테면 어떤 종의 나비는 최적화된 향기로 홀리고, 새는 강렬한 색깔로 유인하고, 자외선을 포착하는 특성도 있어서 꿀벌들에게는 자외선으로 말을 걸고, 박쥐들에게는 박쥐의 레이더 시스템을 겨냥한 메아리 음향 신호를 보낸다.

　최근에 발견된 이 마지막 능력은 2011년 리처드 사이먼이 〈사이언스〉를 통해 입증했다. 이를테면 덩굴식물인 마르크그라비아 에베니아Marcgravia evenia 는 공중조기경보관제기AWACS

에 장착된 보호판을 닮은 원반 형태의 홑잎 하나를 꽃송이들 위에 만든다. 〈사이언스〉에 실린 논문은 다음과 같이 자세히 밝히고 있다. "이 잎사귀가 내놓는 메아리는 식별 가능한 다방향의 강력한 신호를 제공하는 데 요구되는 모든 조건을 충족한다." 익수류(박쥐) 동물의 레이더만이 포착하는 이 신호는 이 동물의 취약한 시각이나 저하된 후각보다 훨씬 효과적이다. 박쥐의 언어를 터득한 이 덩굴식물의 수분受粉은 당황스러울 정도로 빨리 이루어진다. 논문은 이런 결론을 내린다. "행동 실험에서 관찰된바, 이 잎사귀가 있을 때 꽃을 찾는 박쥐들의 식사주기가 절반으로 짧아진다."

　그밖에도 식물은 이런저런 상대에 따라 각별한 적응 노력을 기울이는 것과 별도로, 자기 메시지를 대기에 퍼뜨릴 때는 기화성 분자를 활용하고, 뿌리를 이용해 땅속으로 전할 때는 화학적 신호를 활용한다. 이때 뿌리는 발신자 겸 수신자가 되어 우리가 '그린터넷Greenternet'이라고 부르는 연결망을 형성한다.

　그러면 식물은 무슨 말을 할까? "난 네가 필요해." "이리 와서 내 꿀을 가져가." "네가 보호해주는 대가로 내가 줄 선물을 봐." "이걸 조심해." 혹은 "저걸 조심해." 등의 꼭 필요한 말들을 한다…. 식물은 동족들에게 이런 말도 한다. "내가 지금 느끼고 있는 스트레스를 받지 않도록 미리 대비해." 그래서 피렌

체대학은 한 그룹의 식물들에 일정한 스트레스를 가할 때 (흙에 소금을 섞는 식으로), 식물들이 떨어져 있는 다른 그룹에 어떻게 즉각 경고를 보내며, 그리고 하루도 채 지나지 않아 후자 그룹의 식물은 겪어 본 적 없는 그 공격에 맞서기 위해 어떻게 자기 생리를 변화시키는지를 밝힌다. 다시 말해, 두 번째 그룹은 개연성에 대한 계산과 대비 원칙을 종합해서 소금에 절여지기도 전에 이미 소금에 무감각해진다.

식물이 그저 당혹감을 털어놓는 경우도 있다. "난 상태가 좋지 않아." 신경생물학자 스테파노 만쿠소가 일러주듯이 그럴 때 식물은 메틸 자스모네이트*를 이용한다. "식물이 서로 교환하는 많은 기화성 혼합물은 동일한 메시지를 전한다. 매우 다른 종들이 동일한 걸 말하기 위해 동일한 말을 쓴다는 사실을 확인하니 정말이지 놀랍다."**

그러나 우리가 그걸 듣지 못해서 식물이 보내는 건강진단과 구조요청이 죽은 언어로 남게 되면, 식물은 '능동적'인 언어를 내놓으며 태도를 공세적으로 바꾼다. 이를테면 2008년, 아마존 국립연구소는 열대성 나무들의 허기를 표현하는 기화성 분자들이 심각한 가뭄 때는 배아로 쓰여 수증기를 빗방울의

---

* 식물이 해충의 공격을 받을 때 분비하는 자스몬산의 일종으로, 공기 중에 분사되어 곤충의 소화를 방해한다.

** 스테파노 만쿠소 · 알레산드라 비올라, 『매혹하는 식물의 뇌』, 앞의 책.

형태로 응결해낼 수 있다는 사실을 증명했다. 이렇듯 식물은 물을 달라는 요구를 진짜 소나기로 바꿔내기도 한다.

우리는 놀라운 식물의 언어를 이제 겨우 해독하기 시작했다. 노벨 의학상을 수상한 카를 폰 프리슈는 다른 영역에서 꿀벌의 의사소통의 수수께끼를 풀었다. 그는 특히 탐색벌들이 태양의 위치를 가리키는 축을 중심으로 8자 춤을 추어 자신들이 탐지한 새로운 꽃들의 위치와 거리를 놀랍도록 정확하게 가르쳐주는 신비를 푸는 데 40년을 바쳤다. 로봇공학이 이 언어의 진실성을 부인할 수 없을 방식으로 입증하기까지* 이 오스트리아 동물행동학자가 과학자 공동체에 불러일으킨 엄청난 불신은 찰스 다윈이 몇몇 식물 관찰로 겪은 불신과 같은 수준이었다. 꿀벌의 언어는 특출나게 지능적이지만 그들 종 사이의 의사소통에만 쓰인다. 식물도 곤충에게 말할 줄 안다. 잠재적 동료를 유인하고, 공격자에게 개별 메시지를 보내거나 그 공격자의 포식자에게 직접 말을 걸어 공격자를 없애 달라고 한다. '말한다'는 건 들을 줄 안다는 걸 함축한다. 심지어 공격자의 신원을 확인하기도 전에 그들의 생각과 유전자 구성

---

* 1992년, 덴마크 오덴세대학의 악셀 미켈슨은 컴퓨터와 연결해 소프트웨어로 원격 조정되는 청동 인공 꿀벌을 만들었다. 꿀벌 집단에 "받아들여지도록" 밀랍을 바르고 면도날로 만든 날개를 장착한 이 미니 로봇은 탐색벌들의 활기찬 춤을 복제했다. 그렇게 GPS의 원리에 따라, 이 로봇은 방향과 거리 정보지시를 일벌들에게 전달했는데, 기적처럼 일벌들은 그 지시를 문자 그대로 따랐다.

을 '읽을' 줄 알고, 그들을 제거하기 위해 불러야 할 적의 유형을 결정할 줄 안다는 의미이기도 하다.

예를 들어, 리마콩lima bean의 경우를 달리 어떻게 설명하겠는가? 초식 진드기인 점박이응애Tetranychus urticae의 공격을 받으면 리마콩은 점박이응애를 아주 좋아하는 육식 진드기 칠레이리응애Phytoseiulus persimilis만 유인하는 기화성 혼합물을 대기에 발산한다.

마찬가지로, 식물은 버섯과도 소통한다. 목표물을 정하고, 서로 연합해서 얻게 될 이득이나 겪을지 모를 위험을 판단하기 위해. 뿌리와 균사 사이에서 이루어지는 화학적 대화는 때로 술책과 위장, 의도적 은폐를 통해 공생 또는 적의로 귀착된다.

식물은 소리도 발산한다. 2012년의 한 이탈리아 연구(가글리아노, 만쿠소, 로베르트)는 뿌리가 성장할 때 세포벽이 파열하면서 '클릭' 같은 소리를 내는 '클리킹' 능력에 대해 밝혀냈다. 그러니까 뿌리는 서로의 소리를 들으면서 선택한 방향으로 내뻗고, 필요하다면 양분을 교환하거나 접촉을 회피하고, 서로에게 방해가 되거나 해가 되지 않으려고 피한다. 즉 스테파노 만쿠소가 썼듯이 "토양을 효율적으로 탐색하고, 그들 성장에 올바른 방향을 파악하는" 것이다.

뿌리가 장애물을 피하려고 고안해내는 전략이 이 신경생물학자의 주된 발견 중 하나였다. 이전에는 뿌리 끝이 장애물에 부딪치면 그걸 우회해 간다고 생각했다. 그런데 만쿠소는 박사과정 동안 투명박스를 제작해 식물의 지하 작업을 사진으로 촬영함으로써 뿌리가 장애물을 만나기도 전에 피해간다는 사실을 밝혔다. 뿌리는 장애물이 있다는 걸 이미 알고 있었다. 그리고 가장 단거리로 피하기 위해 장애물의 길이를 측정할 줄도 알았다. 그런데 뿌리는 어떤 방식으로 그런 정보를 얻을까? 주변 환경을 화학적으로 분석해서? 전자파나 스칼라파 scalar wave를 이용해서? 반향정위*를 활용해서? 사실 뿌리는 이 모든 수단을, 아니 그 이상을 사용할 수 있다. 뿌리가 50에서 400헤르츠 사이의 저주파를 감지할 수 있다는 사실도 입증되었다. 이를테면 200헤르츠쯤 되는 소리를 내면 뿌리는 그 방향으로 향한다. 왜일까? 졸졸 흐르는 물의 주파수이기 때문이다.

각 뿌리의 체계가 수천만 개의 생장점들로 구성되어 있다는 건 알려진 사실인데, 그 생장점들은 지각한 정보(습도, 압력, 중량, 전기장, 산소나 탄소의 존재 등)를 접하고 어떻게 자기 행동을 조정할까? 그 작동이 우리 뇌의 기능과 유사하다는 사실은 다윈이 가장 먼저 표명했다. 다윈은 19세기 말의

---

* 소리를 내어 그것이 물체에 부딪혀 되돌아오는 음파를 받아 위치를 확인하는 방법.

식물학 개론서들에서 이미 뿌리가 결정하고 조직하는 능력을 갖췄음을 인정했다. 근래에 이루어진 모든 발견은 그가 옳았음을 확인해준다. 뿌리 생장점의 전기적電氣的 활동은 우리의 뉴런이 사용하는 신호와 모든 점에서 유사한 신호를 토대로 이루어진다.[*]

식물을 감각 능력이 있는 생물로 간주하길 여전히 거부하는 물질론자들은 싫어하겠지만 식물이 사용하는 모든 소통 수단은 이제 과학적 현실이 되었다. '심리적' 특성을 띤 듯 보이는, 지각에 반응하는 방식도 마찬가지다. 나뭇잎에 불을 붙이려 했던 백스터의 계획처럼 식물과 관련된 머릿속 이미지나, 뉴욕 타임스퀘어 연구실 화장실 사건에서 식물이 박테리아를 통해 비탄의 신호를 포착해 다른 생명체의 박테리아와 공명하는 방식처럼 말이다.

할 수만 있다면 아직 밝혀야 할 것은 아야와스카를 경험한 샤먼이나 세속인들이 말하듯이, (혹은 이본의 내 친구 경찰관처럼 위험에 처한 꽃들의 "연락을 받은" 단순한 증인들과 호세 카르멘처럼 인정받은 소통전문가들이 말하듯) 우리가 몰아지경에 빠지거나 꿈을 꿀 때 식물이 표현하기 위해 사용할지 모르는 언어의 수준이다. 참으로 경계가 심한 이 분야에

---

[*] 〈사이언스〉, 2018년 9월 14일자.

서 지금까지 우리가 증명할 수 있었던 건 '식물의 채널'을 통해 받은 일부 정보가 전적으로 정확하며 달리 아는 게 불가능하다는 사실이다. 아메리카 인디언들에게 그들의 뇌가 자연의 힘과 대화할 수 있도록 자기들을 삼켜달라고 '요구한' 식물의 경우처럼(6장을 참조할 것).

그러나 그 대화는 단지 환각상태에서만 이루어지는 것이 아니다. 아메리카 인디언이 시작한 '꽃 국경'처럼 관례를 뛰어넘는 정치 행위가 될 수도 있다. 식물계와 인간의 권력기관 사이에서 대규모로 벌어진 이 캠페인으로 '숲의 의식'은 아마존 살해자들에 맞서 의미심장한 승리 중 하나를 이끌었다.

이 이야기는 남미의 국가 에콰도르에서 시작되었다. 이 나라는 민주주의의 촉발과 독재정권의 부패, 혁명과 단기성 수익에 대한 담론이 번갈아 이어지면서 열대림을 여러 '블록'의 석유 채굴지로 쪼개어 세계적 기업들에 대여했다. 그렇게 사라야쿠Sarayaku 지역의 키츄와Kichwa 부족은 2000년 초 정유회사 아지프Agip와 아르헨티나 연료생산 기업이 각각 소유한 10번과 23번 블록에 종속되는 신세로 전락했다. 그 결과 그곳은 종말 지경에 이르렀다. 강도 높은 산림벌채, 야만적인 굴착, 녹슬어가는 시설물, 끊임없이 이어지는 석유 유출사고, 동물상과 식물상의 파괴, 주민 감염, 그리고 자기 영토를 지키기 위해 봉기한 아메리카 인디언들을 상대로 한 군대의 유혈 진

압… 키츄와 원주민들은 이미 시도해보았듯이 무기를 들어봤자 실패로 끝나리라는 걸 알았다. 이제 그들에게 남은 건, 누구도 믿지 않는 방법이지만 법에 호소하는 일뿐이었다.

2003년, 그들은 원주민의 기본권리를 침해했다는 이유로 에콰도르 국가를 상대로 미주 인권위원회에 제소했다. 이 전대미문의 봉기를 주도한 사람은 숲이 자기를 좋아하고 지켜주는 인간들에게 선사한 수천 년 된 초강력 멜로디 '꽃의 노래'를 위대한 샤먼인 아버지로부터 배운 호세 갈린구아Jose Galingua였다. 이때부터 사라야쿠는 현실에서 로마제국에 맞서 싸우는 아스테릭스의 마을 같은 곳이 되었다. 그리고 이곳의 마법 물약*은 음악이었다.

그러나 듣지 않는 귀에 맞서 싸우려면 시각적 충격이 필요했다. 2006년 식물의 요구에 따라 키츄와 원주민과 샤먼들은 그들 영토 주위에 알록달록한 나무 왕관처럼 거대한 원형으로 길이 500킬로미터가 넘는 자연 국경을 쌓기 시작했다. 하늘에서 보면 식물과 인간의 동맹이 땅 밑을 모독하는 자들의 침략에 맞서는 상징적인 장소를 경계 짓는 꽃 국경이 생겨난 것이다.

국가나 기업 그리고 개인을 포함한 (누구라도 꽃 국경을 이

---

* 만화 『아스테릭스』의 두 주인공은 마법 물약을 마시고 힘이 세져서 로마군과 싸워 이긴다.

루는 나무 중 한 그루의 대부가 될 수 있었다)[*] 전 세계의 지지를 받는 이런 대규모 운동을 접하고 미주 인권위원회는 그곳을 방문하기로 결정했다. 처음 있는 일이었다! 2012년 4월에 이루어진 이 인권위원회의 사라야쿠 방문은, 특히 이 위원회가 아메리카 인디언 전사들에게 바친 오마주는 석유 기업들이 겁내고, 미주기구^{OAS}에 속하는 나라들의 모든 원주민이 바라는 법 해석을 향해 한 걸음 내디딘 행보로 받아들여졌다. 그런데 시간이 흐르면서 사건은 다시 묻히고 압력도 느슨해졌다. 송유관 내의 압력만 그대로였다.

그러다 판결이 내려졌고 모두가 놀랐다. 에콰도르는 미주위원회로부터 자기 헌법을 위반했다는 선고를 받았다. 그리고 그 처벌은 무거웠다. 사라야쿠에 손해배상을 할 것, 시추 목적으로 설치한 폭발물을 지하에서 제거할 것, 원주민의 영토에서 새로운 발굴 계획을 세울 때는 반드시 원주민에게 의견을 물을 것, 키츄와 원주민과 그들의 숲에 가한 폭력에 대해 에콰도르 정부가 공개 사과를 할 것.

그 결과 우리는 환각 같은 장면을 목도하게 되었다. 존 부어맨이나 베르너 헤어조크의 영화에 나올 법한 장면이다. 거대한 군 헬리콥터의 보호를 받으며 파라엘 코레아 대통령의 공

—
* www.frontieredevie.net

식 대리인으로 키토에서 온 장관 다섯 명이 사라야쿠 땅의 활주로에 내려 화석에너지 채굴에 희생된 인간과 동물과 식물에 용서를 구한 것이다. 호세 갈린구아의 아버지인 늙은 샤먼 돈 사비노는 숲의 입장이 되어 그들에게 대답했다. 장관들이 못 믿겠다는 눈길로 바라보는 가운데 그는 차례차례 산, 강, 식물, 동물이 '되어' 그들의 세상을 파괴하는 일을 멈춰 달라고 요구했다. 그리고 이런 말로 마무리 지었다. "이 파괴는 당신들의 파멸을 예시합니다. 석유는 땅의 피입니다. 땅의 생명 유지에 꼭 필요한 에너지를 빼버리면, 그로 인해 당신들이 죽게 될 것입니다."

지구의 미래를 위해 대단히 중대한 이 날은 정부의 비행기가 이륙하다가 추락하면서 비극적으로 끝났다. 산산조각 난 비행기 동체와 다섯 구의 시신을, 몸에 알록달록 색칠한 아메리카 인디언들이 에워싼 광경이 미디어를 온통 뒤덮어 이 사건의 전말을, 멋진 연설을, 장관들이 내놓은 약속의 열의를 지우고 말았다.

최신 소식을 듣자 하니 꽃 국경은 재정이 고갈되었고, 에콰도르 정부는 경이로운 야수니 국립공원(유네스코가 세계 생물 다양성의 명소로 평가한)을 채굴지역으로 변경한 뒤, 거대한 열대림에서 얼마 남지 않은 땅마저 중국 석유기업들에게 팔아넘겼다. 그러나 싸움은 계속된다. 단 한 그루의 나무라도 남아서 인간에게 도움을 청하는 한.

2013년, 벨기에 영화감독 자크 도샹은 호세 갈린구아와 함께 키츄와 부족의 저항에 관한 다큐멘터리 영화를 제작했다. 에콰도르 권력과 힘겨루기를 하던 키츄와 원주민은 파리에서 열리는 제21차 유엔기후변화협약 당사국 총회COP21에 공식 초대를 받았는데, 타협을 모르는 이들이 아마존에서부터 타고 온 10미터 길이 카누 한 대가 라빌레트의 운하를 가르는 광경은 가히 상징적이었다. 지구 곳곳에서 벌어진 수많은 영화제에서 상을 받은 이 애절한 영화의 제목은 〈꽃의 노래〉다. 이 모든 결과는 숲의 영감과 지지와 결심 없이는 결코 얻어질 수 없었을 것이다. 키츄와 원주민에게 숲은 자율적인 식물의 의식이요, 생태계의 자살적 파괴를 막기 위해 생명체들과 하나가 된 비물질적인 정령들을 맞아들이는 땅이기도 하다.

파리회의에서 지구상의 가장 강력한 대표들 사이에 자리한 키츄와 부족 대표단은 방대한 자연 보호구역을 원주민들이 직접 맡아서 관리하는 걸 목표로 삼고, 야수니 공원 사건처럼 국가적 부패 사건이 다시 발생하는 걸 막기 위해 '살아 있는 숲'이라고 제목 붙인 결의문을 낭독하고 배포했다. 세계 정상들이 서는 연단에서 낯선 언어로 목표를 호소한 것이다. 벨기에 왈롱 지역과 독일이 가장 먼저 이 결의문을 지지했다. "동물과 식물, 광물 세계의 감수성과 지성을 재발견해야 합니다.

우리의 허영심, 우리네 가부장적 종교들, 우리의 철학, 우리의 산업, 우리네 학문의 부추김으로 우리가 이 행성 위에 생명을 탄생시킨 끊이지 않는 대화를 무시한 채 지배하고, 경멸하고, 몰살해온 그 형제자매들, 수없이 많은 그 존재들을 재발견해야 합니다."*

〜　〜　〜

대화, 바로 이것이 핵심 단어다. 식물들은 아직 우리에게 할 말이 많다…. 우리에게 제안할 게 많다. 단지 정치적 차원만의 얘기가 아니다. 순수하게 실용적인 차원에서 식물들은 우리에게 설명해준다. 이를테면 길게 보면 땅을 독살하는 화학비료를 우리가 어떻게 안 쓸 수 있는지 말해준다. 그러기 위해 식물은 일부 박테리아와 상호 도움 협약을 체결하기만 하면 된다. 박테리아들은 대기의 질소를 흡착하는 힘을, 즉 질소를 어떤 유형의 땅에도 이상적인 비료인 암모늄으로 바꾸는 힘을 지녔다. 이런 박테리아 없이는 어떤 생명체도 대기의 78％나 구성하는 이 생기 없는 가스를 유익하게 활용하지 못

---

* 이 책이 인쇄될 무렵에 나는 키토에서 숲의 지위를 '의식 있고, 권리를 갖춘 생명체'로 공식적으로 선포했다는 사실을 알게 되었다. 에콰도르 헌법에 '자연의 권리'가 명시되리라는 걸 알리는 서곡 같은 사건이다. 키츄와 부족이 이뤄낸 놀라운 승리다.

한다.

　현재로는 대두, 완두콩, 강낭콩 같은 콩과식물들만이 질소를 흡착하는 박테리아와 대화하며 박테리아가 자라는 데 꼭 필요한 당분이 있는 뿌리로 유인해 공생할 줄 안다. 스테파노 만쿠소가 일러주듯이 이 대화는 "반드시 '노드 인자'*라고 불리는 암호와 유사한 신호의 발산으로 시작된다."** 이제 우리가 식물의 언어를 이해하기 시작했으니 모든 식물에 설명하는 일만 남았다. 이 암호를 받아들이고, 더 늦기 전에 화학비료를 제거하게 해줄 행동을 어떻게 채택할지를.

　인구는 점점 더 늘어나는데 토양오염과 기후변화로 과일, 채소, 곡식의 수확량이 감소하는 시대에 그것은 만쿠소가 재발견한 식물 신경생물학에서 나온 여러 놀라운 제안 가운데 하나다. 질소를 흡착하는 이 박테리아들을 암호로 유인해서 우리가 재배하는 모든 종에 확산하도록 돕는 일 말이다. 그러나 그 박테리아들을 유전적으로 조작하지는 말아야 한다. 곧 다음 장에서 보게 되겠지만 식물의 단백질들에 직접 말을 걸어 식물의 언어를 말하는 여러 방법이 있으니.

　물론, 비료 제조사들이 이 제안을 듣고 기뻐서 펄쩍 뛰리라

---

*　nod : nodulation의 약자. 콩과식물의 뿌리에서 결절이 시작될 때 근균류 박테리아가 생산하는 신호분자.
**　스테파노 만쿠소·알레산드라 비올라, 『매혹하는 식물의 뇌』, 앞의 책.

고는 생각되지 않는다. 바이엘 몬산토가 살충제와 GMO로 부를 축적하는 원칙에 어긋나게 이런 종류의 실험을 후원할 리 없다. 식물이 홀로 성장하고, 홀로 자기방어를 하는 걸 가로막는 살충제와 GMO 말이다. 식물을 위해 그러는 것이라면 당연히 식물은 자연을 지배하는 최소의 노력이라는 법칙에 따라 나뭇잎들을 떨굴 것이다.

그렇다고 경작물을 파괴하는 곤충 앞에서 농민들이 두 손 놓고 가만히 있도록 내버려둔 채 살충제와 GMO 사용을 당장 금지할 수는 없다. 그보다 먼저 식물이 자기방어 능력을 다시 알게 해주어야 한다. 옥수수에서 카리오필렌을 제거한 것처럼(3장을 참조할 것), 인간이 무지나 돈벌이 때문에 어리석게도 제거한 방어 유전자들을 필요하다면 복원해주어야 한다. 보다 간단한 방법으로는 여러 세대 식물학자들의 관찰기록을 토대로 위협받는 종들에게 그들 포식자의 공격자들을 보내야 한다. 살충제의 화학 불순물이 그들의 호출 페로몬의 순환을 가로막기 전에. 근원으로 돌아가는 이 식물 병충해 방제 시스템은 이미 자리잡은 모든 바이오 경작에서 완벽하게 작동하고 있다. 단 한 가지 어려움은 가격이다. 이 불가피한 혁명에 적응하기 위해서는 농업 지원금의 원칙을 다시 고려해야만 한다. 점차 윤곽이 드러나고 있는 법적 처벌과 연이은 금전적 제재로 바이엘 몬산토 제국이 파산하면(15장을 참조할 것)

국가들은 식물들에 행동의 자유(생산성과 자기방어의 자유)를 돌려주기 위해 모든 것을 세세히 검토하지 않을 수 없을 것이다.

너무 이상적인 말로 들리는가? 아니다. 우리가 식물에 제안하는 모든 '이로운' 해결책에 식물은 관심을 기울인다. 때때로 식물에겐 그저 모방할 모델이 필요하다. 따라서 생태계가 아직 둘을 대면시키지 않았다면 그저 그 모델을 제안하기만 하면 된다. 만쿠소는 힘주어 말한다. "질소를 흡착하는 박테리아와의 공생을 모든 식물에 확대할 가능성은 중요한 쟁점이 되었다. 식물의 소통이 우리가 세계의 기아에 맞서 싸우게 도와줄 것이다."*

식물이 우리에게 요구하는 바가 바로 이것 아닐까? 잃어버린 자율성을 돌려달라는 것, 지구를 위해 쓸 수 있도록…. 마찬가지로, 나무는 오직 자신만이 억제할 수 있는 기후 온난화와 공해에 맞서 싸우기 위해 우리가 대대적인 녹화작업을 해주기를 기대한다. 식물학의 살아 있는 아이콘인 프랑시스 알레는 지붕과 산꼭대기에 올라 끊임없이 부르짖는다. "우리가 나무를 충분히 심는다면 온실효과는 사라질 것이다."** 식물계 전체가 수십 년 전부터 사라져가고 있는 원시림의 샤먼들

---

*   스테파노 만쿠소·알레산드라 비올라,『매혹하는 식물의 뇌』, 앞의 책.
**   프랑시스 알레 외,『산꼭대기 뗏목』, Lattès, 2000년.

에게 거듭 말하는 것도 바로 이 말이다. 이제 우리는 귀머거리 행세를 할 시간도 재간도 없다.

식물과 음악

식물을 음악으로 치유할 수 있을까

오늘날 다국적 농업기업들의

블랙리스트에 오른 조엘 스턴하이머 박사는

자신이 발견한 것들을

인류의 건강을 위해 활용하고 있다.

우리는

식물계가

인간의

광적인 파괴에 맞서는 대규모 봉기 중 하나를 어떻게 꽃의 노래로 시작했는지 보았다. 남아메리카의 독재나 다름없는 권력을 (일시적이나마) 무릎 꿇게 할 힘을 인디언 대변인에게 안김으로써. 역으로, 인간도 쇠약해진 식물을 음악으로 도울 수 있을까?

   소리의 마술사라는 인물에 관심을 기울여보자. 그는 호세 갈린구아처럼 다국적기업의 경영진이 이를 갈고 주먹을 불끈 쥐게 만든 독특한 인물이다. 1943년에 태어났고, 분자물리학 박사로 유럽연구대학 교수인 조엘 스턴하이머는 1960년대에 에바리스트Evariste라는 이름으로 가수 활동을 하기도 했다.

1980년부터 그는 여러 근본적인 발견을 해냈는데, 그 발견들이 농산품에 적용되었다면 경작물 보호 차원에서 살충제와 GMO는 불필요해졌을 것이다.

그의 작업은 실제로 식물의 성장과 본래 방어 체계의 강화에 음악이 수행하는 물리화학적 역할을 밝혀냈다. 농부 호세 카르멘이 경험적인 방식으로 사랑의 생각과 말의 영향력을 통해 거둔 성과를 이 분자물리학자는 스피커로 경작지에 적절한 멜로디를 울려 퍼지게 함으로써 체계적으로 이뤄냈다.*

그보다 앞서 도로시 레털렉 같은 몇몇 대학교수들은 페튜니아, 옥수수, 호박에 음악이 미치는 영향을 시험했다. 두 그룹으로 나뉜 이 식물들은 클래식 음악이나 록 음악을 들었다. 록 음악을 '들은' 식물들은 불균형하게 자랐고, 물이 많이 필요했으며, 종종 뻣뻣이 굳은 채 죽기도 했다. (헤비메탈을 매우 좋아하는 강낭콩만 현저히 예외였다.) 반면에 바흐나 비발디의 클래식 음악은 개화와 뿌리의 확장을 촉진했다. 식물은 눈에 보이는 귀는 없지만, 뿌리와 잎 사이에 수백만 개의 소리센서가 분포되어 있어 모든 형태의 진동에 반응한다. 위에서 확인한 결과는 아주 극적이긴 해도 결코 비정상적이진 않다.

—
* 에릭 보니, 「음악과 식물」, 『누벨 클레』, 14호, 1997년.

그러나 스턴하이머는 한 걸음 더 나아갔다. 각 단백질(모든 생명체의 발육에 필수적인)이 개별적인 파장을 발산한다는 사실을 발견한 그는 주파수를 음표로 변환했다. 그리고 식물들에 고유의 곡을 들려줌으로써 성장과 저항력을 25~60%까지 높였다.

그의 작업에서 비롯된 가장 눈에 띄는 실험 가운데 하나는 1996년 세네갈에서 진행되었는데, 가뭄을 이기는 단백질 음악 중 하나를 듣고 자란 토마토들은 대단히 왕성하게 그 단백질을 키워서 거의 물 없이 지낼 수 있게 되었다. 그래서 그 토마토는 정상적으로 물을 주는 것들보다 생산량이 월등히 높았다. 음향 노출의 이상적인 시간은 하루에 5분이었다. 같은 해 프랑스의 롱르소니에Lons le Saunier 근처에서 스턴하이머 박사는 프로테오디proteodie라고 이름 붙인 자신의 '단백질 음악'이 토마토를 망가뜨리는 바이러스들을, 공격도 개시하기 전에 제지하고 이미 병든 식물들까지 효과적으로 돌볼 수 있다는 걸 입증해 보였다.

흥미롭게도 레퍼토리에 포함된 곡 중 일부는 그 곡의 작곡가도 모르게 이 '프로테오디'를 멜로디에 담고 있었다. 예를 들면 유명한 나폴리의 노래 〈오 솔레미오〉의 테마가 그렇다. 물리학 박사 알랭 부데Alain Boudet는 이렇게 말한다. "이 테마는 해바라기의 세포 속에서 에너지를 축적하는 역할을 하는 단백질을 자극한다."* 이 '태양의' 노래를 듣는 식물은 엄청난 크기로 자란다.

❦   ❦   ❦

이 음향 비료와 치료효과를 지닌 멜로디가 실현해낸 경제성, 생산량 증대, 생태학적 이점들을 볼 때 농산물가공업계 로비의 힘을 가늠하고 경악하지 않을 수 없다. 그들은 로비를 펼쳐, 땅을 황폐하게 만드는 살충제와 고위험 GMO 작물들을 여러 나라 정부에 강요했다. 유기체를 음악으로 변형하는 방식MMO을 일반화함으로써 자연이 알아서 하도록 내버려두지 않았다. 그랬더라면 물론 작가, 작곡가, 음악 출판인 집단에게 돌아갈 이득 때문에 세계 경제의 한 자락이 무너졌을 것이다. 프랑스 음악저작권협회가 몬산토를 매수하는 걸 보게 되었을지도 모르고, 농부들은 불모의 종자들을 파는 독점권력으로부터 벗어날 수 있었을 것이며, 꿀벌들도 멸종의 위기에 놓이지 않았을 것이다.

오늘날 다국적 농업기업들의 블랙리스트에 오른 조엘 스턴하이머 박사는 자신이 발견한 것들을 인류의 건강을 위해 활

---

* "DNA의 음악과 단백질", www.spirit-science.fr

용하고 있다. 음악으로 우리 몸의 분자들의 활동에 영향을 미쳐 행복을 안겨주는 것이다. 토마토나 해바라기에 유용한 것은 우리에게도 유용하기 때문이다. 이렇듯 그의 작업에 비추어 보면 신종인플루엔자H1N1 바이러스도 음향 백신의 대대적 소탕 작전으로 곧 박멸할 수 있을 것이다.

알랭 부데 박사의 말에 따르자면, 프랑스에서 2000년에 관찰된 출생률의 정점은 뮤지컬 〈로미오와 줄리엣〉의 성공과 연관 있다고 한다. 이 뮤지컬의 가장 유명한 곡 〈사랑한다는 것〉은 생산을 촉진하는 단백질에 해당한다. 이 노래를 부른 세실리아 카라와 다미앙 사르그는 그 사실을 알고 있었을까? 수정受精을 지원하는 음악을 무료로 접하고 아이를 가진 이들이 이 가수들에게 고마워해야 할 거라고 말할 수는 없지 않는가.

이렇듯 조엘 스턴하이머는 과일과 채소로부터 조금 멀어졌다. 1992년 6월에 등록된 "단백질 합성의 후성적 조절 방법"이라는 그의 특허는 대체의학의 발전과 자기계발에 기여했다. 식물들은 어쩔 수 없이 유전자조작과 공업화학에 만족할 수밖에 없었는데, 그러한 것들은 바람과 수분 매개 곤충들의 도움을 받으면서도 생물학적 해결책을 흔히 잉여가치나 노리는 사기 행위로 취급했다.

조엘 스턴하이머의 식물을 위한 음향 운동을 다국적기업들이 덮어버리려고 무진장 애를 썼음에도, 그 운동에 귀 기울이는 이들도 있었다. 음향 분야에서 신뢰받는 기업인 보스Bose의 지원을 받아, 2006년에 식물 신경생물학의 세계적 실험실에서 만들어낸 한 음악 프로그램이 5년 동안 많은 포도밭으로 확산되었다. 결과는 매우 고무적이었다. 식물의 성장과 기생충에 대한 저항력도 몇 배가 되었을 뿐 아니라 포도와 와인의 품질도 눈에 띄게 개량되었다. 2011년에 유엔은 이 경험을 향후 20년 동안, 100대 주요 녹색경제 프로젝트 중 하나로 선정했다.

그런데 한 방향으로 작동하는 건 운명적으로 반대 방향으로도 작동하기 마련이다. 내가 아는 어느 발명가는 제초제와 또 다른 생태계 재앙들을 완전히 없애줄 '선별 제초 음향'을 현재 비밀리에 연구하고 있다. 그 부작용으로 식물은 스트레스 고조와, 충동적인 자기파괴 신드롬까지 온갖 음악적 감정을 느낀다. 그렇다, 너무도 흔하게 식물은 그저 생존본능만을 가진 모습으로 축소되어왔는데, 자살까지 실행할 수 있다. 어떤 필수 단백질의 성장에 해로운 음악을 들려줄 때 촉발되는 자살 말이다. 그런데 건강한 식물이 어떤 외부의 공격을 받지 않고도 자기 의지로 죽음을 택할 수 있을까? 그 대답은 다음 장에 있다.

식물의 슬픔

식물도 슬퍼한다

그는 물소들이 금작화를 더는 먹지 못하도록

보호구역의 한 영역에 울타리를 쳤다.

그러자 울타리 안의 식물들은 성장을 줄이고 시들어 갔다.

마치 보살펴야 할 포식자를 '박탈당한' 것처럼.

마치 스스로 무용하다고 느끼는 것처럼.

평생의 동반자가

죽고 나면 다른 사람이

계속 물을 주고 보살펴도

실내 식물들이 불가사의하게 시들어가는 많은 경우를 집계해
본다. 그 식물들에게는 무언가가 '결핍된 듯' 보인다. 그들의 생
존본능에 영향을 미치는 무언가가. 그 행동은 마치 적합하지
않은 땅에 옮겨 심었을 때 관찰되는 것과 유사했다.

　아마도 교류의 단절과 연관된 스트레스, 일종의 영양결핍
때문일 것이다. 우리가 이미 보았듯이, 식물의 영양은 감정적
특성을 띨 수 있으며, 적어도 '정서'와 연관될 수 있다. 식물의
슬픔까지 거론하진 않더라도, 갑작스러운 방식으로 인간과
동물, 혹은 다른 식물과 이어온 관계가 끊어졌을 때, 식물에서
애도와 다름없는 부재가 낳는 결과를 측정할 수 있었다. 영국

에든버러대학의 세포생물학자 앤서니 트레와바스Anthony Trewavas 교수가 이끈 연구에서 '엽록소의 자살' 과정이 시작되는 것처럼 보이는 순간, 칼슘 생성이 증대하는 것이 밝혀졌다.* 그런데 우리의 신경 세포 내부나 식물의 세포 속에 칼슘 비율이 높아지는 건 어떤 '결단'으로 이어지는 정보의 결집과 연관 있다.

자연요법 전문가 에모토 마사루가 욕설을 들으며 자란 벼가 시들어가는 걸 보여주었고, 엔지니어 클리브 백스터가 그의 녹색 식물들이 멀리 떨어진 거리에서도 그가 집으로 돌아갈 결정을 내리던 순간에 일종의 기쁨을 표하는 걸 입증했던 것처럼, 동물행동학자이자 생물학자인 내 친구 질베르 모리Gilbert Maury는 식물과 동물 사이의 (이 경우엔 금작화와 들소 간의) 교류 단절의 현상을 연구했다. 그는 그런 단절을 주저 없이 '정서적'이라고 규정했다.

국립과학연구센터CNRS 연구원이자 레미 쇼뱅 박사의 제자인 모리는 1991년에 유럽의 들소를 프랑스에 재도입하는 일을 시작한 인물이다. 그 종(유럽 들소Bison bonasus)은 폴란드의 원시림 비알로비에자Bialowieza에 번식이 가능한 5백 마리의 무리밖에 남지 않았다. 사소한 전염병이나 자연재해가 이 종을

---

* 앤서니 트레와바스,『식물의 행동과 지능』, 옥스퍼드대학출판, 2014년.

영원히 멸종시킬 수도 있었기 때문에 제2의 고향을 만들어줄 필요가 있었다. 모리는 이런저런 적합성을 고려해 마르제리드 산악지대를, 더 정확히 말해 생트 외랄리(로제르 지방) 자연공원을 선택했다.

이때 이 민속학자는 예기치 않은 현상을 관찰할 수 있었다. 폴란드에서부터 우리가 상상할 만한 스트레스를 받으며 트럭으로 운반된 그 야생동물들은 로제르 땅을 밟게 되자마자 오직 한 종의 식물을 향해 달려갔다. 금작화였다. 모두 맹렬히 풀을 뜯었는데, 그러자 서서히 심장 박동이 가라앉았다. 대부분의 금작화는 심장 박동을 조절하는 기능이 탁월하다. 동물은 자기 상태에 적합한 식물의 속성을 즉각 알아보았던 것이다.

폴란드 들소들은 천성적으로 불안해하는 기질이어서 기후와 토질, 전자기파의 변화에 대단히 민감한데도 로제르 지방의 풍토에 아주 성공적으로 적응했다. 게다가 그 고마움을 표하기까지 했다. 공원의 책임자들은 질베르 모리가 예고 없이 그 '동물들'을 방문하더라도 언제 오는지 매번 알았다. 그가 차를 타고 마르제리드 쪽으로 달리고 있으면 모든 물소가 한 시간 뒤에 그가 도착할 방향으로 달려갔던 것이다. 들소들이 조상의 땅을 되찾도록 그곳으로 데려오기 전에 비알로비에자 숲으로 찾아갈 때마다 녀석들 한 마리 한 마리에게 인사를 건넸던 그를 향해. 그런데 식물들도 그런 적응에 반응했다.

여러 달, 여러 해가 흐르면서 모리는 그 지역 금작화에 일어난 변화를 관찰했다. 금작화는 놀라운 생명력을 보이며 번식했다. 물론 과도한 성장은 식물이 새로운 가해에 대해 보이는 대응일 수 있다. 그러나 이 경우에는 다른 요인이 고려대상에 들어가는 듯 보였다. 실제로 물소들이 접근하지 못하는 보호구역 울타리 건너편의 금작화들도 똑같이 풍성하게 번식했다. 마치 이 식물은 낯선 생태계에 이식된 동물에게 '자신이 필요하다는' 사실을 지각하고서, 그 동물의 스트레스를 조절해줄 요소를 제공할 수 있도록 '전력을' 기울이는 것처럼 보였다.

그래서 모리는 한 가지 실험을 시도했다. 그는 물소들이 금작화를 더는 먹지 못하도록 보호구역의 한 영역에 울타리를 쳤다. 그러자 울타리 안의 식물들은 성장을 줄이고 시들어갔다. 마치 보살펴야 할 포식자를 '박탈당한' 것처럼. 마치 스스로 무용하다고 느끼는 것처럼.

∾　　∾　　∾

물론, 이런 유형의 현상을 해석할 때 의인화에 빠지지 않도록 조심해야 한다. 그러나 식물들이 우리보다 수억 년 앞서 지구상에 나타났다는 사실을 상기하자. 차라리 우리에게 식물

화라는 말을 사용하는 편이 올바른 것 아닐까? 더없이 복잡한 우리 행동들은 식물의 행동에서 유래한 것이어서, 우리의 감정을 식물들에 빌려주는 경우가 있다면, 그건 빌린 것을 갚는 셈이다.

애도와 연관된 순례는 우리가 인간과 일부 애완동물만이 하는 일이라고 생각하는 정서적 과정이다. 그런데 그런 현상에 가까워 보이는, 식물의 기이한 활동을 내 눈으로 직접 확인했다. 유명한 패션 및 예술 사진작가 장루 씨에Jeanloup Sieff 는 자기 작업실에 거대한 유카나무를 한 그루 가지고 있었는데, 그 식물은 문자 그대로 유리창 아래 100평방미터를 차지했다. 그의 작업실에서 처음 촬영을 하던 날 나는 그 식물을 보고 충격을 받았다. 식물의 머리 하나가 온 유리 표면을 가로질러 작업실 반대편까지 잎사귀를 뻗고 있었기 때문이다. 사진작가는 내게 설명했다.

"파출부 아주머니가 잘못해서 이렇게 된 겁니다. 제가 르포르타주 촬영 때문에 몇 달 동안 집을 떠나 있었는데, 창의 블라인드를 닫아두었던 겁니다."

유카는 살아남기 위해 빛을 볼 수 있는 유일한 지점인 유리창 북쪽 끝, 암막 블라인드 접합부에 생긴 작은 틈새까지 이동했던 것이다.

이 장면에서, 이 이야기에서 셋의 진정한 우정이 생겨났다.

나는 식물을 접촉하며 그토록 밀도 있는 에너지를, 그런 공감을 느껴본 적이 없었다. 어쩌면 내가 길렀던 유카가 이런 만남에 나를 '준비'시켰던 건지도 모르겠다. 1m 50cm짜리 소박한 종이었던 그 유카는 이사를 견디지 못했다. 그 녀석은 전보다 훨씬 햇볕을 누리게 되었는데도 잎사귀를 몽땅 말라 죽게 내버려두었다. 10년째 함께 산 고양이가 앓던 암과 연관 있었을까? 나는 유카에게 좀 더 살아달라고 오랫동안 애원하다가 결국 아파트에서 녀석을 내쫓으며 화를 버럭 내고 말았다.

"그렇게 죽고 싶으면 죽어!"

그러자 녀석은 층계참의 응달에서 다시 잎을 피웠다…. 빛을 한동안 굶주리고 난 뒤 다시 거실로 옮겨와 완벽하게 건강을 되찾은 녀석은 우리 고양이가 죽자 급격히 말라버렸다.

장루 씨에는 2000년 9월 20일에 사망했다. 이 독보적인 사진작가의 열정적인 작업을 오랜 세월 지켜본 그의 유카는 놀라운 반응을 보였다. 생존본능으로 예전에 유리창 북쪽 접합부로 이동했던 머리가 암막 블라인드가 사라진 뒤로, 제 뿌리 방향으로 돌아가는 움직임을 시작한 것이다. 그러더니 죽었다.

식물, 버섯 또는 곰팡이?

식물의 놀라운 지능과 감각

보통 우리는 지능을 뇌의 존재와 동일시한다.

그리고 뇌는 세포로 이루어져 있다.

그런데 이 경우에는 단 하나의 세포가

마치 뇌를 가진 것처럼 행동한다.

참으로

당혹스러운

지능이어서

전문가들조차 어떤 계로 분류해야 할지 알기 힘든 경우에 대해 말해보자. 오랫동안 변형균류*는 식물로 간주되었다. 그러다가 식물의 영역에서 축출되었다. 엽록소를 갖고 있지 않기 때문이다. 그래서 포자로 번식하는 점을 보고 버섯과로 분류했다. 그런데 이 균류는 먹이를 찾기 위해 이동하는 능력을 갖춰서 결국엔 동물로 분류되었다. 다만 엄밀히 말해 이 균류는 개체가 아니라 단세포 생물들의 결집이다. 식물학자 프랑시스

___

* myxomycete: 몸은 세포벽이 없는 원형질 덩어리로 된 변형체로 운동성이 있다. 습한 곳이나 고목 등에 부생하면서 세균이나 곰팡이의 홀씨를 먹고 홀씨로 번식한다.

알레가 이… 나무에 대해 내놓은 정의를 빌리자면 "하나의 군체群體, 협력해서 작동하는 개체들의 조합"이다. 그러면 도대체 변형균류가 정말로 무엇인지 알지 못하니 그것이 하는 일을 살펴보자.

먼저, 이 유기체는 이름이 가리키는 바대로 콧물을 닮아서 길게 늘어나고, 인간이 잘 해내지 못하는 쾌거를 이뤄낼 수 있다. 단번에 미로의 출구를 찾는 일 말이다. 홋카이도대학의 일본인 생물학자 나카가키 도시유키는 2000년에 이 분류 불가능한 피조물에게 방향 테스트를 실시했다. 즉각적이고 재현 가능하며 어김없는 성공이 이루어졌다. 그저 변형균류에게 동기만 제공해주면 된다. 출구를 찾고 싶어 할 이유 말이다. 그러면 녀석이 결정을 내리고 효율성을 찾고 목표에 도달할 방법을 내놓는 걸 보게 된다.『자연의 지능』의 저자 제레미 나비는 말한다. "보통 우리는 지능을 뇌의 존재와 동일시한다. 그리고 뇌는 세포로 이루어져 있다. 그런데 이 경우에는 단 하나의 세포가 마치 뇌를 가진 것처럼 행동한다."

나카가키는 오래전부터 변형균류에 열중했다. 그는 그것들을 애정을 쏟으며 길렀고, 속속들이 알았으며, 점차 그것들이 좋아하는 먹이를 알게 되었다. 빻은 귀리였다. 그는 변형균류의 어떤 점을 특히 높이 평가할까? 그것들이 단세포 집합이라는 점이다. 그것들은 서로 녹아들어 수백만 개의 핵을 가진 거대한 (인간의 손 크기에 달하는) 하나의 세포가 될 수 있다. 이 균류들은 움직이다가 발견하는 먹이를 흡수하며 느리게 이동한다.

　이 일본인 연구자는 변형균류 하나를 미로 한가운데 놓아두고, 출구에 빻은 귀리를 일정량 두었다. 그러곤 그 정묘한 현상을 관찰했다. 그 개체는 포자를 만들어 빈 공간을 가득 채울 때까지 몸을 늘렸다. 다시 말해 포자를 사방으로 흔들어 보냄으로써 자기복제를 했고, 포자들은 아메바 형태로 발아하더니, 다시 모두 만나 단 하나의 개체가 되었다. 마치 그렇게 장소들을 '탐색'하고, 문제를 헤아리는 듯 보였다. 그러더니 두 번째 단계가 실행되었다. 변형균류는 유연한 튜브 같은 몸을 수축해서 미로의 막다른 골목에서는 후퇴하고 오직 먹이가 있는 출구 쪽으로만 이동했다.

　나카가키는 그로부터 이렇게 추론했다. "이 놀라운 계산과정은 세포 물질이 원시 지능의 증거가 될 수 있다는 사실을 보여준다. 이 유기체가 대단히 기발하고 재능 넘친다고 인정하지 않을 수 없다." 그 결과물은 2000년에 세계에서 가장 저명한 과학잡지인 〈네이처〉에 실렸다. 그는 동료 야마다와 함께 결론에서 서슴없이 '지능'이라는 말을 사용했다. 그들의 공저자인 헝가리인 연구자 토트는 그 말을 빼자고 신중하게 제안했다. 그러나 〈네이처〉의 심사위원회는 끈적한 곰팡이에 연계

된 '지능'이라는 말을 분명히 실어서 논문을 게재했다. 그러자 과학자들의 커뮤니티에서 잡음이 일었다. 다른 학자들이 탐구할 생각조차 하지 않던 것을 발견한 사람에 반대하는 '정통' 학자들의 관례적인 저항이었다. 그러나 나카가키는 단념하지 않았다. 그의 변형균류는 미로에서 100퍼센트 성공률로 출구를 찾아냈다. "이는 이 단세포 유기체에 알고리즘과 고급 계산 능력이 있음을 의미한다. 그런데 뇌 같은 중앙 데이터처리장치는 없다. 판단은 저들끼리 짝을 짓거나 병행하는 부분들 속에서 이루어진다. 이 체계가 우리에게는 이해력에 대한 도전이다."

어쨌든 이 곰팡이는 물결처럼 수축하며 하루 평균 2.5센티미터 속도로 이동하는데, 이 수축의 물결은 '공간과의 상호작용'으로 나아간다. 덩굴손 달린 덩굴식물들이 사용하는 것과 유사한 방식이다. 동일한 위치결정 능력, 동일한 공간탐사 기교가 발휘된다. 포자를 통한 증식만 다르다. 두 경우를 촬영한 필름을 빠른 속도로 돌려보면 변형균류와 꽃시계덩굴이 목표를 판단하고 얼마나 정확히 그 목표에 도달하는지 확실해진다. 자연에서 대척점에 자리한 것으로 보이는 두 유기체는 우리가 전혀 갖추고 있지 못한 재능, 익숙한 오감을 뛰어넘고 환경을 완벽하게 제어하는 능력을 겸비한 원거리 지각 같은 재능을 발휘할 줄 안다.

그렇게 덩굴식물들은 빛의 먹이까지 다다르게 해줄 어떤 줄기나 둥치, 작대기나 철망을 찾아 때로는 오른쪽으로, 때로는 왼쪽으로 납작한 타원형을 허공에 그리며 이동한다. 장-마리 펠트는 이렇게 환기한다. "이 식물들이 탐지한 지지대를 이동시키면 그들의 곡예 움직임도 지지대 쪽으로 이동한다."

덩굴식물에게는 이러한 원거리 인식이 어떻게 실행되는지 이해시켜줄, 나카가키 수준의 역량을 갖춘 강박적인 연구자가 필요하다. 기체성 호르몬이 장애물을 만나면 후퇴해서 식물에 정보를 전하는 걸까? 이 가설에 대한 연구는 여전히 진행 중이다. 특히 내 친구 질베르 모리가 세상을 뜨기 직전에 시작한 연구가 그렇다. 식물의 생체모방과 분별능력에 강박적으로 사로잡힌 그는 꼼짝 않는 데 전문가들인 마임 배우들과 요가 선생들에게, 어떤 덩굴식물 곁에 한 시간 이상 동안 완전히 꼼짝 않고 있어 달라고 부탁했다. 덩굴손들이 타원을 그리는 시간 동안 말이다. 주변에 다른 어떤 수직 지지대가 없으면 식물은 인간(남자 또는 여자)을 '포착'했고, 매 실험마다 그들 가까이 다가가서 머뭇거리며 건드리긴 하지만 결코 휘감지는 않았다. 그러나 사람과 동일한 크기의 조각상으로 동일한 시간 동안 실험해보면 아무 문제없이 조각상을 휘감기 시작했다. 마치 이 식물은 인간의 부동성이 거짓이며…, 지지대로서의 인간의 자질을 믿을 수 없다고 '느끼는' 것 같았다.

나카가키의 한 제자가 여러 사람이 꼼짝 않고 있다가 빈손을 내밀 때, 변형균류는 전에 먹이를 주었던 손을 향해 즉각적인 움직임을 시작한다는 걸 입증해 보였던 모양이다. 그렇다면 자연과학자들에 의해 식물계에서 축출당한 이 단세포 유기체가 식물들이 하듯이 '계산을' 한다고 가정해야 할 것이다.

식물은 어루만지는 걸 좋아할까?

손길의 힘

어루만짐이 식물에 촉발하는 건 쾌락이 아니라 경계다.

더 정확히 말하자면 위험에 대한 인식이

방어 체계를 작동시켜 더 강하고 아름답게 만드는 것이다.

어루만짐에서 행복을 얻는 건 어루만지는 인간이다.

11장에서

앤서니 트레와바스를

언급한 바 있다.

에든버러대학의 이 생물학 교수는 1990년에 중대한 발견을 했다. 그는 식물이 어떻게 외부 신호들을 지각하는지, 어떻게 자체 힘으로 정보를 다루고 전하는지 이해하기 위해 세포 속에 칼슘 비율이 증가할 때 빛을 발하는 단백질을 담배 식물의 유전자에 주입했다.

그러고 나서 식물생리학자는 그 식물을 어루만졌다. 그러자 식물은 빛을 발하기 시작했다. 몇천 분의 1초 만에 식물은 신호에 응답했는데, 그것이 장기적으로 이어진다면 외형에도 효력이 미칠 것이다. 우리가 여러 차례 손을 대거나 건드리는 식물은 성장을 늦추고 더 두터워지고 단단해진다. 인간의 뉴런도 어떤 결정으로 이어질 정보를 전할 때 칼슘 생성이 눈에 띄게 증가한다.

식물을 어루만지면 스트레스를 낳지만, 어디까지나 유익한 스트레스다. 2013년 10월에 어느 국제적 연구팀은 〈BMC Plant Biology〉라는 잡지에 자위가 식물에 미치는 효과에 관해 심도 있는 연구를 실었다. 엄지와 검지 사이에 줄기를 끼우고 섬세하게 문지르면 타고난 자기방어 메커니즘이 작동되면서 면역력이 증대되고, 질병에 훨씬 강인해진다. 실제로 어루만짐은 잎의 산소 투과성과 해로운 분자들이 침투하지 못하도록 막는 불투과성을 높이는 일련의 내적 반응을 야기한다.

따라서 어루만짐이 식물에 촉발하는 건 쾌락이 아니라 경계다. 더 정확히 말하자면 위험에 대한 인식이 방어 체계를 작동시켜 더 강하고 아름답게 만드는 것이다. 어루만짐에서 행복을 얻는 건 어루만지는 인간이다. 따라서 윈윈의 결과를 낳으니 안 할 이유가 없다. 〈가디언〉에 원예 칼럼을 쓰는 제임스 윙은 파종 단계부터 매일 가지마다 20초 정도 어루만지라고, 그리고 차가운 카모마일 차를 식물들과 함께 나누라고 조언한다. 전문가는 이 음료가 어루만지는 사람에게는 선정禪定의 경지를 높여주고, 한편 그것의 항생 특성은 어린 식물들이 묘목의 용해에, 즉 성장 초기단계에서 부패를 초래할 수 있는 감염에 대비하도록 돕는다고 말한다.

잎사귀를 따서 만져보라고 권하면, 어린아이건 어른이건 보드라워서 좋아하는 '접촉용 식물들'의 인기가 높아진 것도 이런 이로운 어루만짐의 우회적인 적용으로 생겨난 현상이다. 그러나 이 경우엔 그리 공정해 보이지 않는 장사의 인기품목들인 샐비어, 제라늄(양아욱), 토끼귀 같은 식물들이 얻게 될 이득은 잘 보이지 않는다.

반면에 점점 더 '추세'가 되고 있는 나무껍질과의 접촉, 나무와의 포옹은 인간과 식물 양쪽에 유익한 진동의 교류를 낳는다. 도교 사상과 동양 의학에서 말하는 이 상호 기氣의 교류는 이제 서양 학문에서 숲테라피라는 이름으로 연구되고 있다.

일본은 이 식물 테라피의 선구자격인 나라다. 이 나라에서는 '산림욕' 비용도 의료보험에서 상환해준다. 나무가 발산하는 휘발성 물질(천연오일, 테르펜 등)도 우리에게 이로울 뿐 아니라 나무 몸체와 우리 몸 사이의 에너지 교류도 양쪽 모두에 이롭다. 나무가 동의만 한다면 호환이 가능하다. 이 작업이 잘 이루어지도록 쓸 만한 활용법들을 인터넷에서 찾아볼 수도 있다.* 선별한 대상에게 당신의 진동이 느껴지는지 혹은 느끼길 바라는지 묻고 나서(균형이 앞으로 살짝 기울어진다면

—
* www.creer-son-bien-etre.org

긍정을 의미한다), 나무 몸통의 북쪽 면을 마주하고 팔을 휘감아 명치와 이마를 나무껍질과 접촉하고, 두 발은 가능한 한 뿌리 위에 둔다. 초보자들은 낮은 목소리로 이렇게 말하는 게 좋다. "내게 필요한 에너지를 주고, 다 끝나면 나를 놓아줘."

삼림의학계에서 가장 신뢰받는 대표 중 한 사람인 칭리 박사는 '나무 몸통과 신체'의 접촉은 코르티솔(스트레스 호르몬)의 비율과 혈압을 낮춰 준다고 말한다.* 그리고 아이들의 과잉행동도 가라앉히고 스크린 중독의 부작용도 치료해줄 수 있다고 한다(아이들이 표면에 지나치게 에너지를 많이 품고 있는 침엽수보다 활엽수를 끌어안는다면).

요컨대, 일부 의사들이 지의류(이끼)의 따끔거리는 특징을, 행렬모충이 일으키는 알레르기를, 나무 몸통에 있을지 모를 진드기가 옮기는 라임병의 위험을 환기함으로써 이 실행을 살짝 평가절하할지라도 나무가 긴장과 우울증, 자폐증, 심장질환, 호흡기 질환의 문제에 측정 가능한 효과를 발휘한다는 점은 다양한 국제적 연구들이 밝혀낸 사실이다. 이 문제를 대개는 매우 조심스럽게 다루지만, 세계적으로 암연구에서 숲테라피가 낸 결과를 다룬 출간은 늘어나고 있다.

〈뉴욕타임스〉 빈대들의 경우에서 우리는 나무가 제 포식자

---

* 칭리, 『자연치유 : 왜 숲길을 걸어야 하는가』, 푸른사상, 2019년.

들을 '스캔'해서 그 포식자들의 호르몬을 모방한 호르몬을 만들 수 있다는 걸 보았다. 그 호르몬은 적절한 용량의 기화성 물질로 확산될 때 포식자들의 후손을 파괴할 힘을 갖는다. 식물 유기체도 그와 유사한 방식으로 인간과 접촉하면서 인간의 암세포를 박멸할 효력이 있는 성분을 생산할 수 있을까? 이것은 많은 샤먼과 일부 과학자들이 특히 아노나 무리카타 Annona muricata를 거론하면서 지지하는 사실이다.

카리브해에서부터 남미까지 퍼져 있는 이 소관목은 쓰는 민족에 따라 그라비올라, 코로솔, 구아나바나, 사포딜라라고 불린다. 에콰도르의 한 샤먼은 직접 손님을 찾는 이 약나무의 특별한 이야기를 내게 들려주었다. 태곳적부터 이 민족의 현자들은 아야후아스카를 통한 식물과의 접속 시간 동안 이 그라비올라로부터 정보를 받았다고 한다. 이 식물은 몰아지경에 빠진 사람에게 이런 말을 하며 스스로를 '드러냈'다고 한다. "나를 안아줘. 나를 어루만져 줘." 그러나 이 식물이 얻고자 한 것은 접촉의 감미로움보다는 정보의 원천인 것 같았다. 식물은 인간들에게서 지각한 질병에 응답하면서 자신의 치유 속성을 개발한 걸까? 아니면 자발적으로 나섰을까? 아니면 태생적으로 앞에서 말한 속성들을 지녀서 그것으로 사람들에게 이롭게 하고 싶었던 걸까? 어쨌든 이 식물의 껍질과 잎사귀, 꽃, 열매와 뿌리가 암을 치료하는 것으로 밝혀졌다. 인간에게 최고의 친구가 되는 식물이다.

아름다운 전설이다. 하지만 현실이 전설을 따라잡았다. 1990년대 말부터 그라비올라는 일본, 한국, 미국 그리고 프랑스를 포함한 유럽 여러 나라의 100여 개 연구 프로그램에서 다뤄졌다. 2015년에 쿠알라룸푸르(말레이시아) 과학대에서 출간한 한 메타연구는 이 식물이 가진 항균, 항바이러스, 항당뇨, 항천식, 특히 항암 속성을 입증했다. 이 식물의 효력 강한 성분 중 하나인 아세토게닌은 유해 세포들이 재생하는 데 필요한 에너지를 제공하는 효소들을 무력화함으로써 그 세포들의 자동기획된 죽음을 유발하는 특성을 띤다.

미국의 퍼듀대학(인디애나주)의 약학연구소에서 펴낸 간행물에 따르면, 아세토게닌은 건강한 세포에는 너그럽지만 결장암 세포에는 화학요법에서 흔히 사용되는 물질보다 만 배 더 강력하게 작용한다. 그러나 〈임상 종양학 저널〉은 체외 및 체내 실험은 의미있지만 이 물질의 부작용은 아직 제어하지 못한다는 사실을 환기하면서 미묘한 뉘앙스 섞인 희망을 얘기한다. 이를테면 과도한 소비는 환자들에게 정신적 불안을 초래할 수 있다는 것이다. 일부 사람들은 그라비올라가 안부를 묻는 목소리를 '들었다'고 한다.

그러나 이 스타 나무 때문에 숲이 가려져서는 안 된다. 많은 연구와 증언들 덕에 이 나무는 유기농 매장에서 같은 범주의 나무 중 가장 많이 판매되면서 만능의 효능을 지닌 예외적인 수종처럼 여겨지는 경향이 있는데, 샤먼들은 각자가 자신에게 적합한 파트너가 될 식물을 찾고, 그 상대와 대화하려고 노력해야 한다고 말한다. 몇몇 애완동물들이 우리의 병적 증세를 흡수해서 질병의 효과를 덜어주듯이 우리가 길에서 만나는 수호천사 나무, '안내자' 식물이라는 이 개념은 미신의 영역을 벗어나 영성과 실용주의를 결합한 개념으로, 점점 더 많은 사람이 공감하고 있다.

개인적으로 나는 지금처럼 유행이 되기 전부터 3백 년 된 배나무와 접촉하며 건강을 유지해왔고, 역으로 20년 넘게 내가 나무에게 청한 에너지가 나무에 얼마나 유익해 보였는지도 확인할 수 있었다. 이 나무가 태풍에 쓰러진 뒤로도 나는 매일 아침 나무뿌리 위에서 체조를 계속하며 여전히 기분 좋은 열기가 땅에서 올라와 내 몸과 생각을 감싸는 걸 느낀다. 예전에는 내가 이런 얘기를 하면 사람들이 우스꽝스럽게 여겼다. 이제 어떤 이들은 내가 추세를 따른다고 여긴다. 그러나 1990년대 말에 이미 나는 이 길에서 나보다 훨씬 멀리 나아간 누군가를 만났다.

외교관, 작가, 아카데미 회원, 전직 장관, 퇴직 선원으로 자기 소설의 주인공들만큼이나 파란만장한 삶을 산 장−프랑수아 드니오는, 그 시절에 인도주의적 탐험으로 세계 곳곳을 누

비며 종종 목발을 두 개나 짚고서 텔레비전 뉴스에 등장했다. 그는 해명했다. "나는 내 암들을 데리고 다니며 산책시킵니다."

그를 만난 건 어느 도서전에서였다. 그는 수차례 병원에 입원해가며 홀로 항해를 이어가던 와중에 새로 출간한 소설을 홍보하고 있었다. 이 부스에서 저 부스로 지팡이 없이 휘청거리며 걷던 그의 얼굴은 여위었지만 환히 빛났다.

우리를 기다리고 있는 라디오 스튜디오를 향해 함께 걸어가는 동안, 그는 부축받을 필요를 감추고 즉흥적으로 친밀감을 드러내며 내 어깨를 붙들었다. 나는 그때 은밀히 인간 목발로 쓰이면서 그 대신 다른 걸 받았다. 그의 손 아래로 막대한 에너지가 흘러내리는 걸 느꼈다. 행복한 전율이 가볍게 명치와 배를 훑고 지나는 게 느껴졌다. 나의 배나무를 끌어안았을 때 느꼈던 바로 그런 전율이었다.

나는 드니오를 향해 의아한 눈길을 돌렸고, 그는 내 눈길을 즉각 해독했다. "아, 아시는군요." 그는 장난기 어린 미소를 지었다. 그렇다, 나는 알고 있었다. 에너지를 빨아들여 기운을 얻고 상호작용의 힘으로 상대에게 에너지를 재충전해주는 그 방식을…. 그러나 그때까지는 나무껍질과 접촉할 때만 그 느낌을 느껴왔다. 드니오는 나무의 방식으로 타인과 접촉함으로써 에너지 수혈을 실행하고 있었다. 그는 돌려 말하지 않고 내 어깨를 힘주어 누르면서 질문의 형태로 그 사실을 털어놓았다.

"제가 이러면 너무 힘들지 않아요?"

"오히려 반대인걸요."

나는 배나무와 맺어온 관계에 대해 그에게 얘기했다. 그는 플라타너스에 대해 말했다. 파리 외곽에 사는 친구들 집에서 저녁 식사를 하는 동안 그 플라타너스의 '부름'을 받았다고 느꼈는데, 담배를 피우려고 식탁을 떠나 정원으로 가서 나무 몸통에 기대어 평소 달변 아래 숨겨온 끈질긴 통증을 가라앉혔다고 했다.

"내가 병원에서 나오면 바다가 내게 자율성을 돌려주어 다시 중심을 잡게 합니다. 하지만 그건 다른 문제였죠. 말하자면 포기함으로써 다시 제어하는 겁니다. 그러자면 시간이 5분 정도 걸렸는데, 그러다 문득 플라타너스가 나를 바꿔놓았다는 느낌이 들었어요. 나무는 내게 말했지요. '가서 누려.' 나는 그 조언을 따랐어요. 하지만 일 년에 두 번씩 돌아와서 플라타너스와 다시 접촉했지요."

드니오는 라이브 방송이 곧 시작된다며 마이크 앞에 앉으라고 재촉하는 여성 진행자에게 기다리라는 몸짓을 하고는, 이 이야기가 의사들에게 불러일으킨 반응을 날카로운 조롱을 실어 전했다. "플라시보 효과로 흡족해하신다면 저야 반대할 이유가 없습니다." 아주 거만하게 회의적인 태도로 이런 반응을 보인 암 전문의가 그보다 먼저 세상을 떠나는 바람에, 그는 이 의사의 장례식에 참석했다고 한다.

"다른 나무들로도 시도해보았지만 되지 않았어요." 그가 이어서 말했다. "반면에 내가 누군가에게 손을 대고 플라타너스를 생각만 해도 다시 작동하더군요. 대개 사람들은 아무것도 느끼지 못합니다. 나무토막 같다고는 말하지 않겠지만…, 혹시 이에 대한 이론이라도 있으세요?"

나는 얘기를 펼치기 시작했는데, 그는 진행자에게 자기 책에 대해 말하느라 내 말을 더는 듣지 않았다. 우리는 몇 년 사이에 각자의 책을 출간하면서 여러 번 다시 만났다. 그는 여러 차례 위독한 상태에 빠졌다가 다시 살아났고, 말이 없다가도 쉬지 않고 말했으며, 고통 때문에 괴로워하거나 자기 몸에 초연한 듯 보였다. 어느 날 그는 허세 섞인 말투로 내게 선언했다. 이번엔 의사들이 거의 임박한 만기를 선고했노라고. 그는 임기응변으로 답하느라 쩔쩔매는 내 말을 자르며 체념 섞인 미소를 띤 채 말했다.

"난 죽을 수가 없어요."

그는 다시 말했다.

"나무 때문에 그럴 수가 없어요."

그의 플라타너스를 두고 하는 말이었다. 그 후 2년 뒤 라디오 방송국 복도를 돌아서다가 나와 마주치자, 그는 플라타너스의 주소를 내게 건넸다. 그러곤 휠체어에 몸을 웅크린 채 언젠가 자기 대신 플라타너스를 찾아가 인사해달라고 부탁했다.

내가 결론적으로 말할 수 있는 건, 그 구원의 나무로부터 은혜를 입은 사람이 죽고 나서도 나무는 살아남았다는 사실이다. 나무는 여전히 집주인들의 정원과 이웃의 정원을 뒤덮고 있다. 드니오가 나뭇가지를 치지 말아 달라고 했는데, 그의 마지막 의지가 지켜진 것이다. 내가 그 유명한 플라타너스를 찾아간 날, 그 나무를 접촉하면서 느낀 에너지 충전은 그리 놀라울 정도는 아니었다. 쇠약해진 일부 나무가 인간이 치료해달라고 내미는 질병에 힘들어 할 수는 있겠지만 대개 나무는 오히려 우리가 청하는 도움에, 우리가 부여하는 신뢰에, 우리가 표하는 고마움에 자극받는 듯 보인다.

이런 주장에 드니오라면 수줍음 섞인 자조를 실어 이렇게 반박했을지 모른다. "아마 내가 없어지고 난 뒤로 나무는 건강상태가 훨씬 좋아졌을 겁니다."

나는 오히려 그의 플라타너스 의사가 잘 자라는 건 교대가 확실히 이루어졌기 때문이라고 생각한다. 그 나무의 주인들은 계속해서 종종 찾아오는 손님들을 맞이했는데, 사람들은 쭈뼛거리며 이렇게 말했다. "장–프랑수아 드니오가 가보라고

해서 왔어요." 정원으로 바로 안내되는 그 '나무 몸통 약탈자들', 조금은 성가신 그 순례자들은 어떤 질병을 발견하고 필요성을 느끼고는 그곳 주소를 떠올린 것이다.

내가 이 이야기를 들려주었더니 한 수녀님은 뭔가 아는 듯한 미소를 띠고서, 그녀가 익히 아는 드니오의 철저히 계산된 허언증이 한껏 발휘된 거라고 내게 응수했다. 수녀님의 말에 따르면 드니오는 이 플라타너스를 찾아 얘기를 나눈 적이 없었다고 한다. 지겨운 옆자리 사람들에게서 잠시 벗어나려고 식탁을 떠날 때가 아니고는. 그가 예전에 지루한 저녁 시간을 함께 보낸 적 있는 이 집주인 부부에게, 그들의 나무를 강력한 치료수단처럼 소개해 제대로 장난을 쳤다는 것이다. 만약이 설명이 사실이라면 드니오는 이 기적의 나무와 접촉하려고 찾아오는 수많은 순례자들을 보며, 자신이 지어낸 허구가 입소문으로 인정받은 걸 보고 죽어서도 깔깔거릴 것이다. 그리고 플라타너스는 그 거짓을 현실로 바꿔놓게 해준 그에게 고마워할지 누가 알겠나?

이 모든 것에서 어떤 교훈을 끌어낼 수 있을까? 어쩌면 1950년에 알베르트 아인슈타인이 랍비 로버트 마커스에게 쓴 이 말이 대답이 될지 모르겠다. 부헨발트 나치 강제수용소 해방에 가담한 미국인 퇴역 장교인 로버트 마커스는 임종의 순간을 맞고 있었다.

"인간 존재는 우리가 우주라고 부르는 큰 하나의 일부, 시간과 공간으로 한계 지워진 일부입니다. 인간은 자기 자신을, 자기 생각을, 자기감정을 나머지와 분리된 사건처럼 경험합니다. 바로 거기에 의식의 착시가 있지요. 이 착시가 우리에게는 일종의 감옥입니다. 그것이 우리를 개인적 욕망과 몇몇 가까운 이들을 향한 애정에 가두기 때문이지요. 우리가 할 일은 연민의 원을 넓혀서 살아 있는 모든 피조물과 모든 자연을 그 원 안에 집어넣음으로써 그 감옥으로부터 해방되는 것입니다."

식물과 죽음

식물은 잔뿌리에서 재생한다

우리가 땅에서 민들레를 꺾으면 다시 돋아난다.

뿌리째 뽑으면 땅속에 남아 있는

미세한 잔뿌리 조각에서 되살아난다.

우리는

한 그루 나무 때문에

아플 수 있으며,

실제로 나는 그런 경험을 했다. 태풍에 약해진 3백 년 된 나의 배나무는 점점 더 그 가지들이 죽어갔다. 나는 온 힘을 다해 나무를 보살피며, 아름다움과 역사와 그늘, 나의 육체적 정신적 고통을 치유해준 에너지 교류 때문에 내게 나무가 얼마나 꼭 필요한 존재인지 아무리 얘기해도 소용없었다. 나무는 거의 일정하게 줄곧 시들어갔다. 그러던 어느 봄, 나무는 이례적으로 꽃을 피웠다. 베르사유 궁전에서 정원사로 일했던 진정한 노목老木 학자는 나무에 해야 하거나 하지 말아야 할 조치에 대해 내게 조언해주곤 했는데, 이 갑작스러운 일시적 호전에 내가 기뻐하는 걸 보고는 슬며시 이런 말로 나의 흥분을 가라앉혔다. "이 나무가 이렇게 힘들여 꽃을 피우는 건 곧 죽을 것이기 때문이네."

내가 알아듣지 못하자 그는 내 입장으로 바꿔서 설명하려고 애썼다. "만약 자네가 죽음이 임박했다는 사실을 안다면 책을 만들어서 살아남을 기회를 늘리려고 작업속도에 박차를 가하지 않겠나?" 나는 대답하지 않았다. 나의 글쓰기 속도를 보자면 나는 유년기 때부터 임종 상태에 있는 셈이었다. 말하자면 그건 만기일을 예상하고 사는 방식이었다. 따라서 나는 배나무와의 대화를 달리했다. 때가 되면 그렇게 아름답게 꽃을 피운 채 평화로이 떠날 수 있을 테니 서두를 것 없다고 배나무를 안심시켰다. 배나무는 그 후 봄마다 더없이 아름답게 죽음을 준비하며 8년을 더 살았다.

나는 숲의 노인병 전문가인 뤼시앙에게서 식물의 심리요법에 관해 대단히 멋진 교훈을 얻었다. 내가 1987년 그에게 나의 배나무를 소개했을 때, 배나무는 지상 25미터 높이에 달하는 가장 높은 가지에 텔레비전 안테나를 달고 있었다. 내 집을 둘러싼 대야 모양의 숲속에서 지상파 채널을 잡기 위해서는 그 방법밖에 없었다. 강풍이 불 때마다 나의 선대 때 안테나를 설치한 전기기사가 나무에 올라 안테나를 바로잡곤 했다. 세월이 흐르면서 그 일은 그에게 점점 벅찬 작업이 되었고, 나뭇가지들도 그의 무게를 잘 견디지 못했다. 가지가 두 번 부러졌고, 추락이 한 번 있었다. 전기기사는 땅으로 내려오면서 미소 띤 채 나무 몸통을 톡톡 치며 말했다. "우리 둘 다 깜짝 놀랐지." 위성 수신을 하게 되자 나는 지붕에 파라볼라 안테나를 설치했다. 이듬해 배나무는 시들기 시작했다. 뤼시앙은 이렇게 진단했다. "문제는 이 나무가 더는 아무 데도 쓰이지 못한다는 것이네. 영상을 잡는 데 더는 이 나무가 필요 없고, 나무의 친구가 나무에 올라갈 일도 없지 않겠나."

이 진단은 심리상태뿐만 아니라 순수히 물리적인 요인도 고려한 것이었다. 전기기사가 나무에 오르는 동안엔 신발의 스파이크가 나무껍질에 박히면서 새싹들을 돋게 하고 수액의 순환을 자극했던 것이다. 그래서 뤼시앙은 연기를 했다. 틀어진 안테나의 위치를 바꾸려는 듯 나무 꼭대기에 올랐고, 내게도 기쁜 척하라고 조언했다. 나는 그렇게 했고, 당연히 배나무에게 고맙다고 말했다. 나무가 속았을까? 녀석은 눈에 띄게 차도를 보여 우리가 그렇게 믿고 뿌듯해하도록 호의를 베풀어주었다.

그러나 식물이 삶에 애착을 갖는다고 죽음을 겁낸다는 뜻은 아니다. 그들에게는 생태계와 일정한 교류를 유지하는 것이 중요해 보인다. 식물의 실존은 그들이 선 자리에만 한정되지 않는다. 바람과 곤충, 다람쥐나 새들의 매개로 이동하는 식물의 모든 씨앗과 꽃가루, 기화성 혼합물과 뿌리로 전달되는 모든 정보가 그들 삶의 확장이다.

　그러나 많은 이들이 식물의 노화를 알지 못한다. 식물학자 프랑시스 알레는 이렇게 썼다. "나무는 불멸할 수 있으며, 이 사실은 두려움을 안긴다." 혹은 안도감을 안기기도 한다. 우리가 우리의 에고를 인간이라는 종에 한정하는지, 아니면 생물의 전체 모험으로 확장하는지에 따라. 우리는 그 모험의 끝이 아니라면 적어도 가장 도드라지는 단계에 와 있다(하마터면 "안타깝게도"라는 말을 덧붙일 뻔했다). 어떤 포식동물도, 어떤 육식식물도 한 종을 사라지게 하지 않았고, 생태계를 파괴하지도 않았다. 인간의 최종 꿈은 트랜스휴머니즘*이라는 양태다. 인간을 극도로 전산화함으로써 영원한 존재로 만든다는 것인데, 이것은 어리석은 환상이고, 지난 세기말에 저온학**이 그랬던 것처럼 내일 없는 희망이다.

　식물들에는 구체적으로 두 가지 형태의 불멸이 존재한다. 클론*** 추출, 혹은 파괴 불가능성이다. 자연의 대척점에 자리한, 세상에서 가장 늙은 나무와 가장 흔한 풀을 예로 들어보자.

---

* 　transhumanism : 과학과 기술을 이용하여 사람의 정신적·육체적 성질과 능력을 개선하려는 지적·문화적 운동. 장애, 고통, 질병, 노화, 죽음과 같은 인간의 조건들을 바람직하지 않고 불필요한 것으로 규정한다.
** 　저온상태에 있는 물질의 성질을 연구, 응용하는 학문.
*** 　clone : 단일 세포나 개체로부터 무성 생식으로 증식한, 유전적으로 동일한 세포군 또는 개체군.

전자는 판도Pando라고 불린다. 이 이름의 라틴어 어원은 "나는 확장한다"라는 의미다. 6천 톤이나 되는 이 나무는 지구상에서 가장 무거운 살아 있는 유기체다. 그것은 미국 유타주에 있으며, 44헥타르에 걸쳐 펼쳐져 있는데, 가장 낮게 잡아서 8만 살로 추정된다. 그런데 우리가 이 나무를 하나인 것처럼 말할 수 있을까? 사실, 이 북미사시나무 종은 나무줄기가 4만 개로 이루어져 있다. 그렇다면 왜 숲이라는 말을 쓰지 않을까? 그 모든 줄기가 네안데르탈인 시대에 탄생했고, 마지막으로 꽃을 피운 것이 만 년 전인 동일한 나무의 뿌리에서 나온 '클론'이기 때문이다. 그 이후로 이 노장은 식물의 번식을 위한 유성생식을 그만두었다(이것은 죽음에 맞서는 또 다른 형태의 확실한 방법으로, 오직 자기 자신에게만 의존하는 방식이다).

진화의 사슬 반대편에는 민들레가 있다. 민들레도 유성생식을 하지 않고 단위생식을 하는데, 식물에서는 보기 드물게 정자와 난자의 수정을 통하지 않고 암술의 세포에서 직접 배아를 만드는 방식이다. 따라서 민들레는 수분受粉이 전혀 필요 없다. 노랗고 예쁜 꽃을 피워서 벌을 끌어들이는 건 그저 벌을 기쁘게 하기 위한 일이다. 벌들에게 공짜로 꿀을 내주기 위해서다. 민들레가 그럴 수 있는 건 파괴 불가능한 존재이기 때문이다. 우리가 땅에서 민들레를 꺾으면 다시 돋아난다. 뿌리째 뽑으면 땅속에 남아 있는 미세한 잔뿌리 조각에서 되살아난다. 흙더미 속에 파묻어 질식시키려 하면 민들레는 가녀리고 긴 줄기를 잠망경처럼 표면까지 내보내어 그곳에 다시 자리 잡는다. 우리가 땅을 경작하기로 마음먹고 민들레를 잘게 다진다면 어떨까? 뿌리 조각 하나하나가 새 민들레로 다시 태어난다.

이토록 과시적인 이 생명력에 어떤 이유가 있을까? 거기서 끌어낼 가르침이 있을까? 완고하고 거의 빈정거리는 듯 느껴질 정도로 고집 센, 우리의 잔디와 풀밭에 기생하는 이 하찮은 식물은 모든 풍토에 적응할 줄 알았는데, 역설적으로 인류에게는 잠재적 부의 엄청난 원천을 의미한다. 이 말은 민들레를 샐러드로 소비하는 얘기가 아니라, (물론 건강에 아주 좋은 샐러드이긴 하지만) 민들레의 고무 함유량을 두고 하는 말이다.

제2차 세계대전이 한창일 때 카자흐스탄 민들레Taraxacum kok saghyz의 뿌리에서 천연고무가 발견되었다. 일본인들이 당시 남아시아에 있던 파라고무나무 농장의 접근을 봉쇄하는 바람에 당시로는 그것이 타이어를 만들기 위한 유일한 방안이었다. 그러나 전쟁이 끝나면서 다시 고무나무 개발이 허용되었고, 더는 누구도 민들레의 현저히 낮은 생산성에 관심을 기울이지 않았다. (최근 몇 년 전까지는 그랬다.) 그런데 통제할 수 없을 만큼 성장하는 어떤 버섯 때문에 고무나무가 멸종할 위험에 처했다. 고무산업은 공황상태에 빠졌다. 저온에서도 부드러운 상태를 유지하려면 고무는 천연라텍스를 최소한 30% 포함해야 한다.

가장 큰 문제는 민들레의 뿌리즙이 너무 빨리 응고되어 고무의 대규모 수확을 가로막는 것이다. 해결책은 라텍스 응고의 원인이 되는 효소와 그 효소의 활동을 무력화시킬 수 있는 단백질을 분리하는 것이다. 앞의 제10장에서 묘사한 스턴하이머의 방법을 적용해 아미노산이 발산하는 신호들을 항응고 선율로 바꾸기만 하면 될 것이다. 그 선율을 민들레에 들려주면 조금 더 쉽게 활용할 고무를 얻어낼 수 있을 것이다.

나는 2016년 나의 책 『꼭 우리 같네요 *On dirait nous*』*에서 한 등장인물의 첼로 연주로 이 비법을 제시했다. (그리고 내 악습대로 이 비법의 모든 권리를 허용했다.) 내 변호사의 말에 따르면 한 농산물가공기업에서 이 비법을 실험하기 시작한 모양이다. 이 기업이 실험에 성공해서 민들레가 잡초의 지위에서 세계적 보물의 지위로 승격되기를 바란다. 그러나 만약 해당 기업이 생각을 바꿔 식물에 들려주는 음악을 개선한다는 핑계를 내세워 민들레의 특허를 가지려 한다면, 그 길에서 나를 만나게 되리라고 미리 경고해둔다.

---

* 디디에 반 코윌라르트, Albin Michel, 2016년.

식물과 미래

식물은 인간의 미래다

우리에게 새로운 원천을 제공해주는

식물을 이해하려고

그들 자리에 서보려고 애쓸 때

우리는 더 인간다워진다.

우리는

변환점에

와 있다.

자연을 사취하고 고갈시키고 무시하고, 제 목적에서 멀어지게
하며 마구 훼손하다 보니 이제는 우리가 절멸의 위기에 놓였
다. 우리의 생명 유지에 꼭 필요한 자원들을 파괴하고 있기 때
문만은 아니다.

　식물들이 자기방어를 위해 알레르기를 일으키는 꽃가루를
열 배로 늘리고, 나아가 노린재라도 공격하듯 인간을 살균해
서 해칠 능력을 개발한다면 우리는 어떻게 반격해야 할까? 우
리에게 녹색 허파처럼 남은 산림을 벌채하고, 예방 원칙을 내
세워 식물계를 파괴함으로써 산소를 박탈할 것인가? 인간은
식물 없이는 살지 못한다. 식물은 인간 없이 살 수 있다. 식물

은 인간이 지구상에 나타나기 이전 수백만 년 동안 그걸 입증해 보였다.

그러나 돌이킬 수 없는 지경에 이른 건 아니다. 균형과 조화를 복원함으로써 이 자살 같은 싸움을 끝장내는 일은 우리의 몫이다. 최소의 노력이라는 원칙이 식물들의 관용과 용서를, 아니면 적어도 휴전을 북돋운다. 우리는 산업으로 수많은 곳이 오염되었음을 확인했다. 공장들이 문을 닫으면 꽃가루 알레르기 비율이 낮아진다. 마찬가지로 곤충의 수가 감소하면 병충해에 감염된 나무는 살충제 호르몬 생산을 멈춘다.

이와 반대로, 인간에 의해 생겨난 관계, 기쁨의 기류, 주의 깊은 호의의 충동, 적절한 멜로디는 (클리브 백스터, 호세 카르멘, 에모토 마사루나 조엘 스턴하이머가 측정했듯이) 식물의 성장과 정서적 반응을 자극한다. 그렇다면? 식물의 감성이 우리의 의무들을 환기하지 않는가? 인류애의 의무, 평온의 의무, 지혜로운 삶의 의무, 탄소를 산소로 바꾸는 식물을 본받아 우리 세상을 조금 더 숨 쉴 만한 곳으로 만들기 위한 의무들을.

⌒⌒ ⌒⌒ ⌒⌒

내가 이 책을 끝내려는 시간에 놀랍게도 의미심장한 우연

하나가 내 작업을 중단시켰다. 2018년 8월 10일, 나는 텔레비전 뉴스에서 몬산토 그룹[*]이 역사상 처음으로 법정에서 처벌을 받았다는 사실을 알게 되었다. 이 그룹의 인기 있는 제초제인 '라운드업'의 "발암 위험성에 관한 정보를 제공하지 않았다"는 이유로, 샌프란시스코 법정은 이 기업에 3억8천9백만 달러를 말기암 환자인 한 정원사에게 지불하라는 판결을 내렸다. 드웨인 존슨(Dewayne Johnson, 학교 운동장 관리인)은 2년 동안 이 독성 물질을 학교 땅에 뿌려왔다. 거대기업 몬산토를 630억 달러에 집어삼킨 거대 기업 바이엘(Bayer: 독일의 화학약품 회사)은 당연히 항소했다. 그러나 금융가들은 이미 계산기를 두드려보았다. 8천 건이 넘는 유사한 법적 탄원이 현재 미국에서 글리포세이트[**] 성분 제초제를 겨냥하고 있다. 캘리포니아의 선고가 확정되고 그것이 판례로 정립되면, 바이엘이 지불해야 할 배상금과 이자는 몬산토를 다시 구매할 액수를 뛰어넘을 것이다. 그리고 증권시장에서 바이엘의 주가는 폭락할 것이다.

클리브 백스터가 아직 이 세상에 있었다면 나쁜 풀들에 (그리고 '좋은' 풀들에도) 수백 개의 전극을 붙이고는 그 불굴

---

[*] 1901년에 설립된 미국 세계 최대의 유전자변형작물을 연구·개발하는 다국적 농업 기업. 2018년 6월 독일의 화학·제약 그룹 '바이엘'에 인수 합병되었다.

[**] glyphosate: 몬산토가 생산하는 제초제 '라운드업'의 주요성분으로, 국제암연구소가 인체발암성추정 물질로 분류했다.

의 환경오염자가 받은 판결에 어떤 반응을 보일지 측정해봤을 것이다. 적어도 희생자들의 놀란 기쁨에 어떤 반응을 보일지 확인했을 것이다. 승리의 여세를 몰아 정의로운 행동들이 지구 곳곳에서 꽃을 피웠다. 프랑스에서는 꿀에서 글리포세이트가 미량 발견되었다. (제초제로 몰살당한 꿀벌이 저도 모르게 소비자의 위 속으로 그걸 옮긴 것이다.) 엔 지방의 양봉업자 조합은 '독극물 관리' 문제로 몬산토를 고소했다. 게다가 이 건은 이 조합만의 일로 끝나지 않을 것이다. 꿀벌의 내장 속에서 유채의 변형된 유전자가 발견되면서, 벌이 앓는 질병들의 원천으로 추정되는 이 다국적기업의 여러 유전자변형 식품들도 다른 고소들이 겨냥하고 있다. 양봉업자들의 변호사들은 법정이 환경 범죄라는 개념을 인정하도록 밀어붙일 작정이다. 지구의 미래는 어쩌면 2018년 8월 10일에 알게 모르게 출렁였는지 모른다. 몬산토 바이엘의 결합, 질병 유발자로 추정되는 회사와 치료제를 만드는 제약회사의 성스러운 결합으로 우리가 싸움에서 완전히 진 것처럼 보였는데, 희망이 다시 살아나 열렬히 전파되고 있다. 세상의 모든 다윗들이 골리앗과 싸워 이기기 위해 결속하고 있는 것이다.

이제는 공인된 사실이다. 몬산토는 곧 사라질 것이다. 적어도 이름은 사라질 것이다. 바이엘 그룹이 공식 성명에서 밝힌 바대로 포장지에 찍히는 로고만 바뀔 뿐, 그들의 경영전략과 목표는 "아무것도 달라지지 않을" 것이라고 했으니. 이 그룹의 변호사들은 거듭 말한다. "글리포세이트는 독성만 제거하면 농업에 이로운 물질입니다." 이 그룹은 농경에서 증대되는 화학의 역할에 토대를 둔 그들 활동의 앞날에 대해 대단히 낙관적이다.

제2차 세계대전 동안 아우슈비츠 수용소에서 '여성들'을 사서 자기 제품의 효능을 실험한 제약회사로부터 우리는 그보다 나은 반응을 기대하지 않았다. 바이엘은 그 당시 가스실의 지클론 B를 개발한 이게파르벤IG Farben의 자회사였다. 이 회사의 법무팀은 그 시절에도 수익성이 문제 되자, 심지어 나치 권력을 상대로도 태연하고 오만한 태도를 보였다. 바이엘이 1943년 4~5월에 아우슈비츠 사령관에게 보낸 우편물을, 아우슈비츠 포로수용소가 해방될 때 붉은 군대가 그곳 사령관의 책상에서 발견했다. 그 일부를 여기 공개한다.

첫 번째 편지: "수면제를 실험할 목적으로 여자 몇 명을 우리가 쓸 수 있도록 해주실 수 있습니까? 어떤 조건이면 되겠습니까?"

두 번째 편지: "사령관님의 편지를 받았습니다. 200마르크라는 가격은 너무 과도해 보이므로 대상 한 명당 170마르크를 제안합니다."

네 번째 편지: "여자 150명을 인수받았습니다. 실험대상들이 너무 마르고 허약합니다만 사령관님의 선택에 만족합니다. 실험결과가 나오면 알려드리겠습니다."

다섯 번째 편지: "실험은 결론을 내릴 만하지 못했습니다. 실험대상들은 죽었습니다. 다시 연락드릴 테니 다른 그룹을 준비해주시길 부탁드립니다."

모든 걸 고려해보면, 이 편지 내용은 샌프란시스코 법정에서 문제의 다국적기업이, 암에 걸린 정원사에게 돈을 목적으로 거짓말을 한다고 비난하며 자신들의 글리포세이트가 절대적으로 무해하다고 주장하던 파렴치한 양심과 그리 다르지 않다. 왜 바이엘이 몬산토가 이뤄낸 패권 장악에 매료되었을지 이해된다. 몬산토는 20세기 말에 국제사회가 생물들의 특허에 대한 합법성을 받아들이게 하는 위업을 달성해냈는데, 그것은 자신들의 유전자변형 식품을 보호하고 수익성을 보장하기 위해 꼭 필요한 일이었다.

장-마리 펠트는 환기했다.

"그 뒤를 잇는 승리는 자신들의 유전자변형 식품들이 건강에 미칠지 모를 부정적인 효과는 사전에 평가해보지 않은 채 그것을 전 세계에 유통시키고, 농민들끼리 씨앗을 교환하고 재사용하는 일을 불법으로 만드는 것이었다. 농민들이 돈을 주고 구매한 씨앗조차 그들 회사의 소유로 만드는 것이었다. 이 다국적기업의 목표는 명백해서, 적어도 솔직하다는 장점은 있다. 저들의 씨앗으로 전 세계를 먹이겠다는 것이 저들의 목표이되 그걸 재생산하는 건 금지한다. 다시 말해 죽이거나 살리는 권력을 독점하고, 전 세계를 상대로 억제용 무기를 독점적으로 보유하겠다는 것이다. 밥을 먹여주는 손에 누가 감히 침을 뱉겠는가?"*

식물학자들도 생태학자들도 식물병충해 방재의 독재권력인 몬산토로부터 식물과 인간을 해방하는 데 실패했는데, 법정이 마침내 자연의 법칙을 준수하게 해야 하지 않을까?

❧   ❧   ❧

호메로스는 신들이 시인에게 소재를 제공하기 위해 잔혹 행위와 전쟁, 가난과 불의를 만들었다고 말했다. 오비디우스는 식물들이 감정과 감탄과 예술작품에 대한 영감을 주기 위해 인간을 만들었다고 암시했다. 열다섯 권의 책으로 된 그의 유명한 서사시 『변신 이야기』에서 인간이 식물의 상태로 '돌아갈' 때 겉보기엔 처벌처럼 보이지만, 그것은 자기 자신으로

---

* 장-마리 펠트, 『최고 약자의 이성』, 앞의 책.

부터 자신을 지키고, 자신을 정화하고…, 다시 자신과 하나가 되기 위해서다.

그렇다, 우리에게 새로운 원천을 제공해주는 식물을 이해하려고 그들 자리에 서보려고 애쓸 때 우리는 더 인간다워진다. 식물이 우리의 불멸성을, 잃어버린 능력을, 눈먼 에고가 고삐를 틀어쥔 세상에 대한 통찰력을 다시 작동시켜주기를. 아니면 그저 우리를 매혹하고, 놀라게 하고, 뒤숭숭하게 마음을 흔들어주기를 바라자. 우리가 식물 덕에 느끼는 이 감정들은 어쩌면 본래 식물에서 온 것인지 모른다….

'인간은 식물의 꿈이다'라고 샤먼들은 거듭 말한다. 어쨌든 식물은 점점 더 인간에게 영감을 준다. 안드로이드 모델을 곧 대체하게 될, 식물성 개념의 로봇인 플랜토이드plantoïdes, 식물의 계산체계에 토대를 둔 알고리즘을 내장한 식물성 컴퓨터, 적절한 뿌리를 이용한 토양오염 제거, 식물 영향력의 연결망인 그린터넷은 뿌리와 버섯의 결합을 이용해 우리 숲 아래를 관통하며 실시간으로 대기오염, 전자파의 위험, 임박한 자연재해나 독성 있는 구름이 오고 있음을 알려준다.

인간이 식물의 꿈이라니, 그 꿈을 악몽으로 바꾸는 짓을 그만둔다면 식물은 인간의 미래가 될 것이다.

식물은 우리의 존엄한 동반자

까마득히 오랜 옛날, 5억 년 전쯤, 최초의 생명체들은 두 갈래 길에서 선택해야 했다. 붙박이로 살 것인가, 떠돌이로 살 것인가. 한곳에 뿌리내리는 삶을 택한 쪽은 식물의 조상이 되었고, 자유롭게 이동하는 삶을 택한 쪽은 동물의 조상이 되었다. 식물과 동물은 제각기 선택한 길에 적응하며 살아남는 데 필요한 능력을 길렀다. 동물은 식물이나 다른 동물을 먹고 살기 위해 달리고, 날고, 헤엄치는 운동능력을 기르며 진화했다. 사냥에 나설 수 없는 식물은 스스로 먹이를 만드는 독립영양 생물이 되었고, 포식을 피하고 홀로 해결할 수 없는 번식을 성사시키기 위한 온갖 전략을 개발하며 진화했다.

그런데 쉬이 우리는 식물을 수동적이고 무감각한 생물로 여긴다. 감각과 운동능력을 상실하고 목숨만 부지하고 있는 사람을 '식물인간'이라 부르는 데서 식물에 대한 우리의 편견을 확인할 수 있다. 인간의 시각에는 식물이 너무 느려서 거의 정지해 있는 듯 보이는 것이다. 그러나 식물은 보기보다 훨씬 복잡한 능력을 보유하고 있다. 다만, 인간 중심으로 편향되고 조급한 우리 눈이 그걸 보지 못할 뿐이다.

이 책은 우리를 식물의 내밀한 세계로 안내해, 식물에 대한 우리의 오해와 편견을 바로잡게 해준다. 범인을 지목해 합법적인 증인으로 인정받은 수국, 실험에 몇 번 속고 나서는 의도를 파악하고 예상을 앞질러 덩굴손을 뻗는 꽃시계덩굴, 나뭇잎에 위해를 가할 생각을 품는 순간 즉각 반응을 보이는 드라카이아 등. 저자가 들려주는 경험담이나 역사적 사건, 과학적 발견이나 일화들은 하나같이 신기하고 경이롭다. 이동의 자유를 포기한 식물이 살아남기 위해 선택한 전략들은 놀랍도록 창의적이다. 식물은 눈과 귀와 입이 없어도 지각하고 소통하며, 뇌 없이도 지능적으로 행동한다. 유혹하고, 모방하고, 공격하고, 방어하고, 선택하고, 계산하고, 학습하고, 기억하고, 예견하고, 연대한다. 그러니 식물은 결코 수동적이지 않다. 난관에 봉착하면 적극적으로 문제를 해결해낸다. 은밀하고도 치밀하게 화학물질을 배출해 적에게 경고하고, 때로는 독을 품어 포식자를 죽이기도 한다. 그러나 포식자의 수가 어느 정도 조절되면 더는 독을 만들지 않고 포식자를 용인한다. 위험을 주변에 알리기도 하고, 필요할 때는 이웃과 양분을 나누며 필요 이상의 탐욕을 부리지 않는다. 식물에 무관심했던 독자가 이 책을 읽는다면 뜻밖의 세계를 발견하게 될 것이다. 식물이 대단히 영리하고 지혜로운 존재임을 알게 되고, 식물의 아름다운 연대와 관용과 배려에 감탄하게 될 것이다.

식물은 전체 생물의 99% 이상을 차지하고, 먹이사슬의 밑바닥에서 생태계를 떠받치고 있다. 우리 인간은 세상의 주인 행세를 하고 있지만, 식물에 온 삶을 기대고 있다. 우리가 식물에서 얻는 건 산소와 식량, 의약만이 아니다. 우리의 감정도 크게 식물에 의존하고 있다. 우리는 봄이면 움트는 새싹과 꽃을 보며 설레고, 가을에는 울긋불긋한 단풍과 낙엽을 보고 마음이 출렁인다. 무더운 여름날엔 무성한 숲과 나무 그늘에 안도하고, 모든 걸 떨군 앙상한 겨울 나뭇가지를 보면 울적해지기도 한다. 이 책의 저자가 말하듯이, 식물은 인간이 없어도 잘 살지만, 아니, 인간이 없으면 더 무성하게 번식하겠지만, 인간은 식물 없이는 단 하루도 살지 못한다. 그런데도 우리는 우리의 온 삶을 빚지고 있는 이 동반자를 종종 잊고 무시한다. 하지만 소설가 디디에 반 코윌라르트가 식물에 대한 각별한 애정을 담아 쓴 이 책을 읽고 나면 식물이 우리의 존엄한 동반자임을 자각하게 될 것이다. 그러면 더는 길에 돋아난 작은 풀을 보고 무심히 지나치지 못할 테고, 어쩌면 화분에 핀 꽃에 말을 걸게 되지도 모른다. 햇볕을 가리지 않도록 서로 비껴서 돋아난 나뭇잎들을 보면 타인에 대한 배려를 생각하게 될지도 모르고, 지지대를 타고 오르는 덩굴식물을 보면 그 식물이 지지대를 선택하기까지 어떤 탐색을 했을지 상상하게 될지도 모른다. 여하튼, 이 책을 읽기 전과는 사뭇 다른 눈길로 이 땅의 모든 식물을 바라볼 게 틀림없다.

백선희

디디에 반 코뷜라르트 Didier van Cauwelaert

1960년 프랑스 니스에서 태어났다. 1982년 첫 소설『스무 살과 사소한 것들』로 델 뒤카상을 받으며 문단에 데뷔한 이래 서른 편이 넘는 소설을 발표했다.

가장 유명한 작품으로는 리엄 니슨이 주연을 맡은 영화로 제작된『언노운』이 있으며, 이밖에도『편도승차권』『연극이 끝난 밤』『어느 나무의 일기』『빛의 집』『똑똑한 마카롱 씨』등이 국내에 번역·출간되었다.

불법 이민자와 추방 문제를 풍자적이고 우화적인 기법으로 다룬『편도승차권』으로 공쿠르상(1994)을 수상하며 문학성을 인정받았으며『사랑의 물고기』로 로제 니미에상(1984),『유령의 바캉스』로 구텐베르크상(1986),『반半 기숙생』으로 페미나 에브도상(1999),『양아버지』로 마르셀 파뇰상(2007),『우리 인생의 여자』로 메사르디에르상(2013) 등 다수의 문학상을 수상했으며「천문학자」로 아카데미프랑세즈 희곡대상(1983), 마르셀 에메의『벽으로 드나드는 남자』를 각색한 뮤지컬「벽을 뚫는 남자」로 몰리에르상(1997)을 수상했다.

백선희

덕성여자대학교 불어불문학과를 졸업하고 프랑스 그르노블 제3대학에서 문학 석사와 박사 과정을 마쳤다. 현재 덕성여자대학교에 출강하고 있으며 번역가로 활동하고 있다. 옮긴 책으로『티투스는 베레니스를 사랑하지 않았다』『세상의 위대한 이들은 어떻게 배를 타고 유람하는가』『책의 맛』『자크와 그의 주인』『레이디 L』『행복, 하다』『흰 개』『북극 허풍담』『로맹 가리와 진 세버그의 숨 가쁜 사랑』『프리다 칼로와 디에고 리베라』『웃음과 망각의 책』『햄릿을 수사한다』『나카가키』『셜록 홈즈가 틀렸다』『하늘의 뿌리』『안경의 에로티시즘』『앙테크리스타』『피에르 신부의 고백』『알코올과 예술가』『풍요로운 가난』『단순한 기쁨』『청춘·길』『밤은 고요하리라』『울지 않기』『내 삶의 의미』『마법사들』『이반과 이바나의 경이롭고 슬픈 운명』『빅토르 위고와 함께하는 여름』『호메로스와 함께하는 여름』『저녁까지 걷기』『걷기, 철학자의 생각법』『떠나지 못하는 여자』『노르망디의 연』『노년 끌어안기』『상실 끌어안기』등이 있다.

황금비 Hwang Keumbie

캐나다 토론토 St. Elizabeth Catholic high School에서
그림 공부를 하고 현재 미국 뉴욕 SVA(School of Visual Arts)에서
그래픽 디자인을 전공, 재학 중이다.

식물의 은밀한 감정

지은이_디디에 반 코뷜라르트
옮긴이_백선희
그린이_황금비

1판 1쇄 인쇄_2022년 5월 16일
1판 1쇄 발행_2022년 5월 30일

펴낸이_황재성 · 허혜순

책임편집_양성숙

디자인_color of dream

Illustration © Hwang KeumBie

펴낸곳_도서출판연금술사
(04030) 서울시 마포구 동교로 136
신고번호 제2012-000255호
신고일자 2012년 3월 20일
전화 02-323-1762   팩스 02-323-1715
이메일 alchemistbooks@naver.com
www.facebook.com/alchemistbooks
ISBN 979-11-86686-56-0   03860

* 도서출판 연금술사는 마음을 움직이는 좋은 책 좋은 글을 펴냅니다.